トトメス三世の目は、
ただ一点に集中した。
見目麗しく華奢な女ばかり
だが、一瞬こちらに向けてき
それだけで察した。
化け物が集まっている、と。
「何者だ、あやつらは!?」
ヒルデガルド
アルベルティーナ
百錬の覇王と
聖約の戦乙女《ヴァルキュリア》
24

美しい妻たちと共に故郷の地へ――
ジークルーネ
フェリシア
美月

イングリット
ファグラヴェール
リネーア

口絵・本文イラスト　ゆきさん

contents

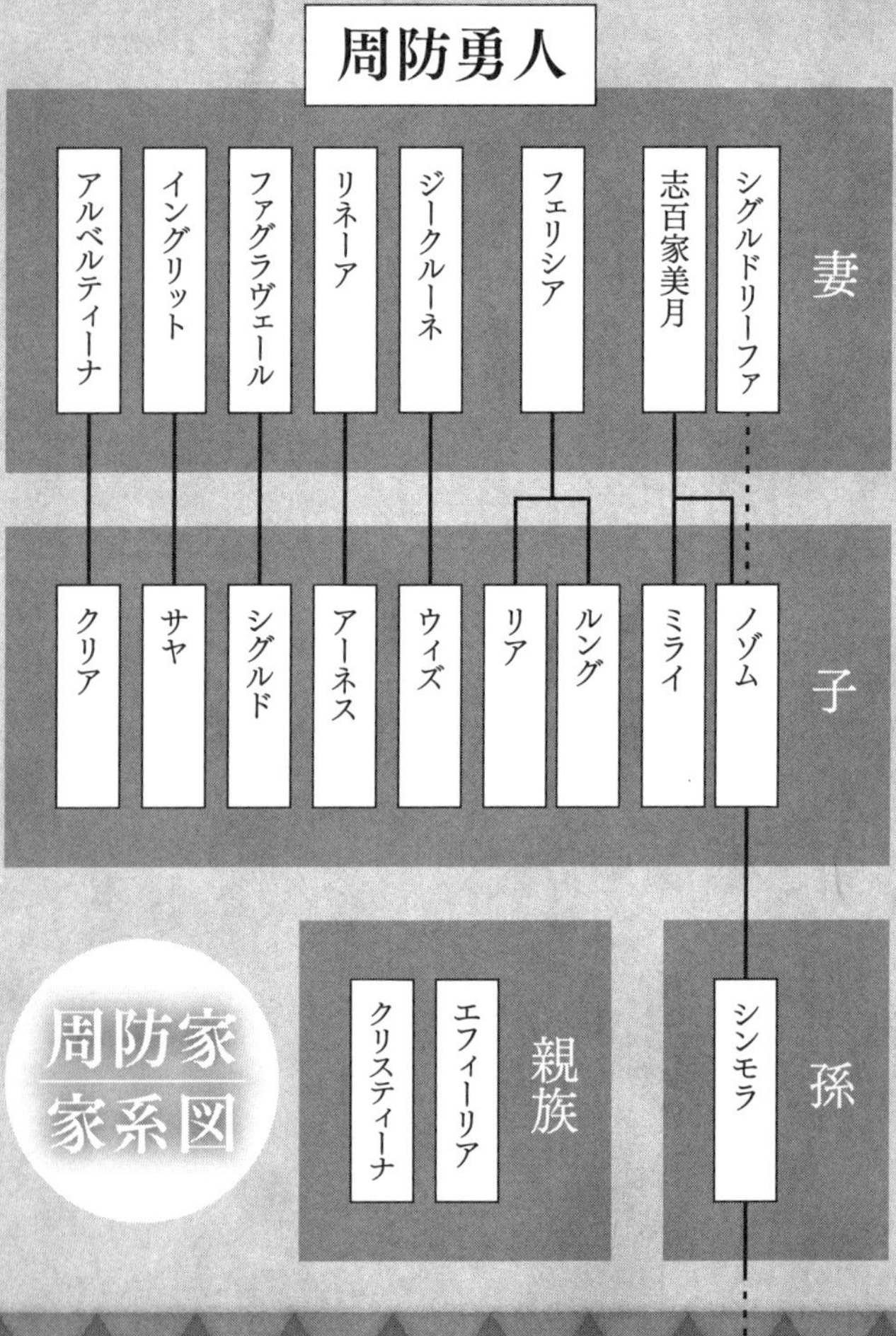
周防家
家系図
周防勇人
妻
シグルドリーファ
志百家美月
フェリシア
ジークルーネ
リネーア
ファグラヴェール
イングリット
アルベルティーナ
子
ノゾム
ミライ
ルング
リア
ウィズ
アーネス
シグルド
サヤ
クリア
孫
シンモラ
親族
エフィーリア
クリスティーナ

周防勇人
ノゾム
勇人と美月（シグルドリーファ）の子。
ルング
勇人とフェリシアの子。
シグルド
勇人とファグラヴェールの子。
ウィズ
勇人とジークルーネの子。
アーネス
勇人とリネーアの子。

地中海周縁 the mediterranean sea

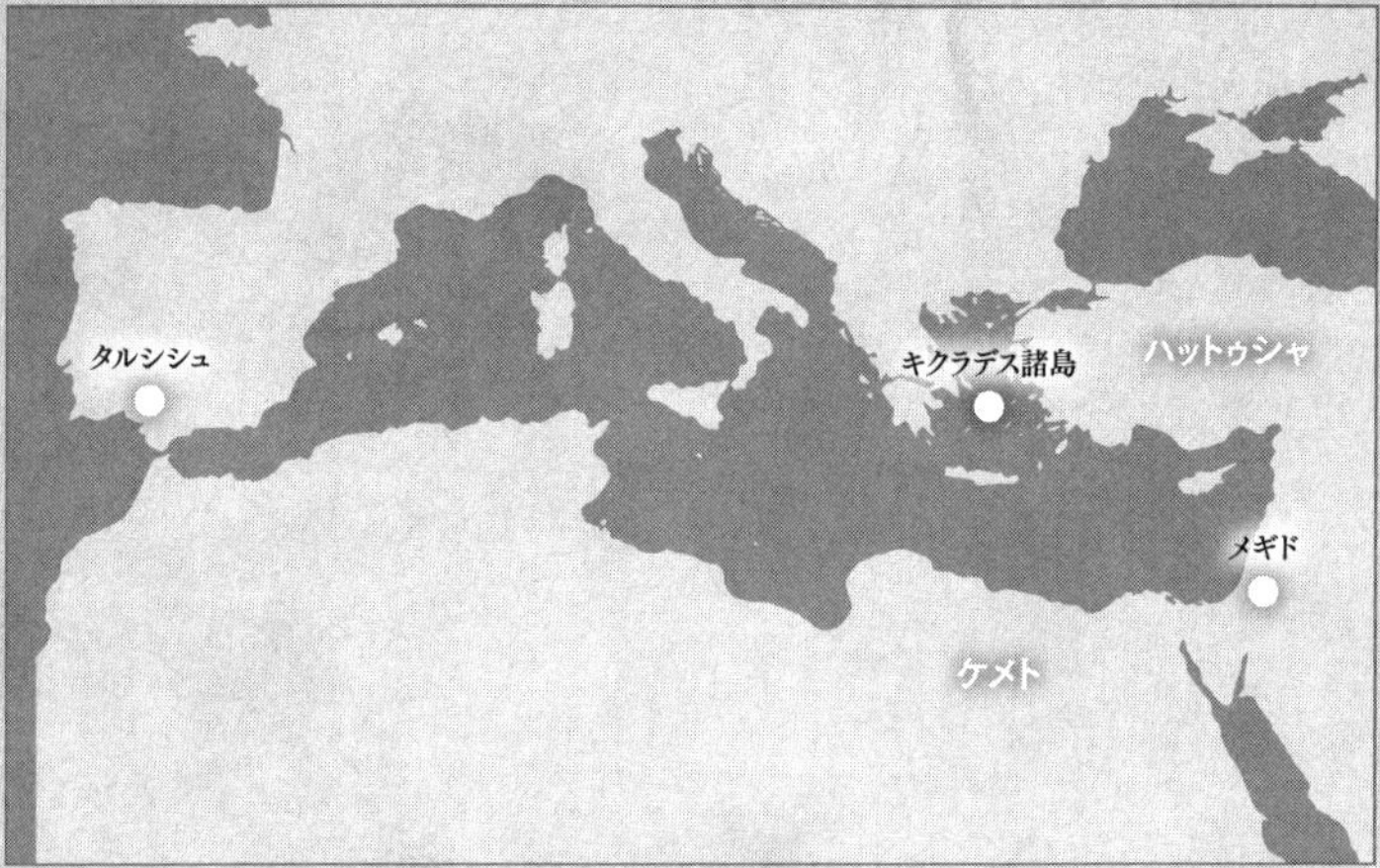

故郷への道 to the Homeland

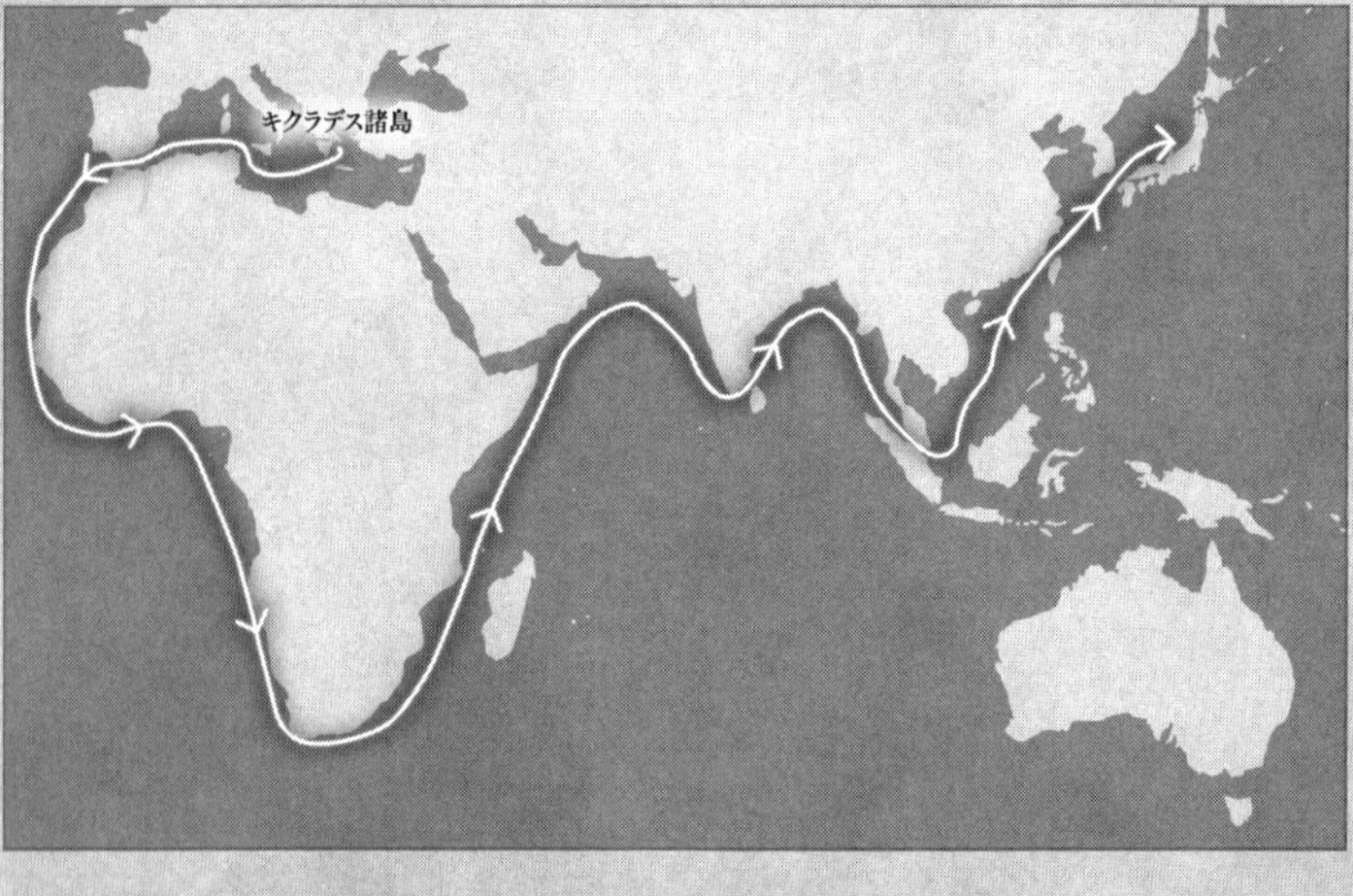

PROLOGUE

「スオウユウト、討《う》ち取ったりー！」

こうこうと燃《も》え盛《さか》る炎《ほのお》の中、ある男の咆哮《ほうこう》が響《ひび》き渡《わた》る。

その兵士が掲《かか》げた手には、黒髪《くろかみ》の男の首が握《にぎ》られていた。

スオウユウト――

天の国から遣《つか》わされ、ビフレスト地方の小氏族《狼《おおかみ》》から快進撃《かいしんげき》を続け、やがて神帝《ティウダンス》にまで成り上がり、そして異国の新天地で散った。

その英雄譚《えいゆうたん》は、ここで幕を閉じる。

だが、すでにこの地には文字はなく。

文字のない世界に歴史もなく。

彼《かれ》と彼の仲間たちの話は、口伝として細々と伝えられ、様々に形を変え各地に広がっていき、やがて伝説となり、ヨーロッパの様々な伝承として今に伝わっている。

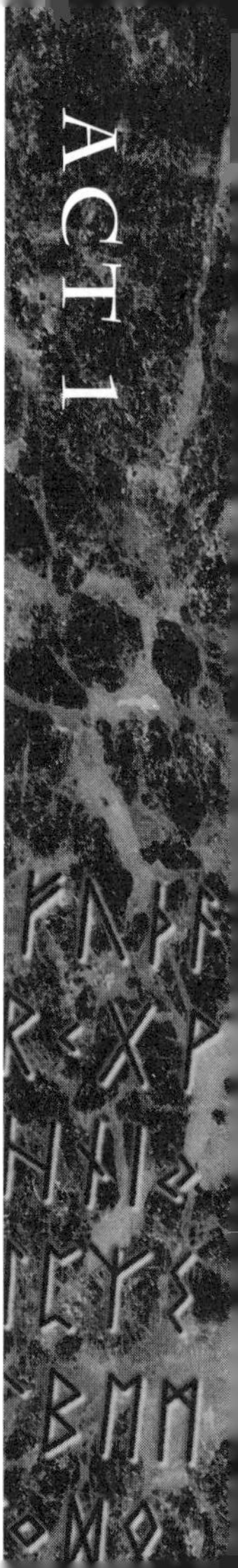

ACT1

「似てると言えば似てなくはないが、別人だな」

机に置かれた生首を見下ろし、ヨルゲンはふっと苦笑《くしょう》をこぼす。

今は首実検の最中である。

討ち取った首が本物かどうかを検証するのだ。

勇斗《ゆうと》とはもう二〇年近い付き合いのヨルゲンである。

彼が間《ま》違《ちが》いなくスオウユウトの首だったと言えば、それが確かな証《あかし》となろう。

そういうシナリオである。

「まったく親父《おやじ》殿《どの》も厄介《やっかい》な任を押《お》し付けてくれたもんじゃわい」

嘆息《たんそく》とともに、ヨルゲンは首を左右に振《ふ》る。

思い起こすのは半年前——

「隠居《いんきょ》するですとっ⁉」

ある日、執務室《しつむしつ》に呼び出されるや唐突《とうとつ》にそんな言葉を聞かされ、ヨルゲンは素《す》っ頓狂《とんきょう》な声をあげる。

彼が驚《おどろ》くのは無理がなかった。

まだ勇斗は齢《よわい》三〇を少し越《こ》えたばかり。

経験と体力が高い水準で釣《つ》り合う最も働《はたら》き盛《ざか》りと言える年齢《ねんれい》である。

「ああ、ここに居を構えること一〇余年、食糧《しょくりょう》事情も安定してきた。そろそろ俺《おれ》もお役御免《ごめん》だろう？」

机に頬杖《ほおづえ》を突《つ》きつつ、勇斗は肩《かた》をすくめてみせる。

その顔はまだ二〇代半ばと言っても通用するほど若々しい。

だが潜《くぐ》り抜《ぬ》けてきた修羅《しゅら》場《ば》の数ゆえか、まとう空気にはこれでもかと貫禄《かんろく》と風格が漂《ただよ》う。

若い兵士は彼の前に立つだけで萎縮して何もしゃべれなくなるというが、納得《なっとく》である。

本人は威圧《いあつ》するつもりなど毛頭ないのだろうが、もはや存在しているだけで圧がある、あるいは圧を相手が勝手に感じてしまうのだ。

とは言え、ヨルゲンも勇斗とはもう長い付き合いである。今さらそれに臆《おく》するはずもない。

「まだ早すぎましょう。親父殿は儂《わし》と違《ちが》って、まさにこれからという年ではありませんか」

「そのこれからだって年だからこそ、いい加減肩の荷を降ろしたいんだよ」

勇斗はフッと苦い笑いを浮《う》かべる。

「ああ、なるほど。そういえば親父殿は嫌々《いやいや》やっておられるのでしたな」

思い出したようにヨルゲンは言う。

実際、あまりにも王になるべくして生まれてきたような資質の持ち主だけについつい忘れがちだが、勇斗は決して王になりたい人間ではない。

権力にも財力にも名声にも、なんら頓着《とんちゃく》しない人間だった。

「だよ。もう急場も乗り越《こ》えた。俺なりに十分やったつもりだ」

「ええ、十分すぎるほどかと」

ヨルゲンもしみじみと頷《うなず》く。

山間の小氏族《狼《おおかみ》》の宗主《パトリアーク》から、数年の間にユグドラシルの半分を征服《せいふく》し、未曾有《みぞう》の大災害から百万近い民の命を救った。

そして新天地に移ってからも、民を飢《う》えさせることもなかった。

ほとんど天の国の知識に頼《たよ》ることなく、だ。

世辞抜きで、大した漢《おとこ》だと言わざるを得ない。

「だからいい加減、次に譲《ゆず》ったっていいだろう？　それに、だ」

そこで勇斗は一旦《いったん》言葉を切り、なんとも自嘲《じちょう》めいた笑《え》みを浮かべる。

「ここらで俺を引きずり下ろして、民の溜飲を下げたほうがいいと思わないか？」

「……まあ、一理ありますな」

若干《じゃっかん》の間を置いてから、ヨルゲンもしぶしぶ頷く。

新天地に移ってからの勇斗の評判は、決して良くはなかった。

むしろ正直に言えば、かなり悪いと言わざるを得ない。

勇斗は新天地に移ってから、天の国の知識を使うことを禁じた。

文字を使うことも、だ。

未来を変えればユグドラシルからの大脱出《だいだっしゅつ》がなかったことになるかもしれない、と。

だがそれは、民の生活水準を下げることになる。

ユグドラシルにいた時より明らかに不便で大変な生活に、民たちが不満を抱《いだ》かないはずがなかった。

しかし、その圧倒的《あっとうてき》な武力を前に逆らうこともできない。

今やかつての名声は地に落ち、スオウユウトは魔王《まおう》同然の存在として、民からは畏怖《いふ》されているのが現状だった。

もっともヨルゲンからすれば、頭をすげ替《か》えたところで、民の生活がよくなることなどあり得ないのだが。

それでも民の不満を一度発散させる必要は、確かにヨルゲンも感じていた。

「では、後任は誰《だれ》に？　ご子息のノゾム様で？」

ユグドラシルでは誓盃《せいはい》制度により、血縁《けつえん》による継承《けいしょう》は基本的に行わないが、神帝《テイウダンス》となれば話は別だ。

ノゾムは実際にはともかく、神帝《テイウダンス》シグルドリーファの血を引く唯一《ゆいいつ》の子だ。

彼が皇位を継承するのが一番まっとうといえた。

だが、勇斗はあまり乗り気ではないらしく、

「まだ一四の若造に、こんな重責を背負わせるのは酷《こく》だろう？」

「貴方《あなた》は背負っておられましたがな」

「自分のした苦労を子にさせたくないのが親心だよ」

自嘲するように、肩をすくめる。

やはりつくづく本当に、王の地位というものを面倒《めんどう》に思っているのだろう。

「では若頭《かしら》のリネーア殿《どの》を？」

誓盃制度に従えば、若頭《かしら》が宗主の座を引き継《つ》ぐのが通例である。

またヨルゲンの目から見ても、リネーアには王として高い資質があった。

高い実務能力に人望、民を想《おも》う優《やさ》しい心がある。

次の大宗主《レギンアーク》として《鋼《はがね》》を治めるのに最適な人材だと言えた。

だがそれにも勇斗は首を振り、

「能力的に見て、それが一番っちゃ一番なんだが、俺と一緒《いっしょ》に行きたいそうだ。嫁《よめ》の中であいつだけ置いていくのも、かわいそうだしなぁ」

勇斗はどこか気恥《きは》ずかしそうに、ポリポリと頭を掻《か》く。

ヨルゲンも楽し気に頬《ほお》を緩《ゆる》ませた。

「これはこれはお熱うございますな。そういう関係になられてもう一〇年以上というのに、ぜひとも秘訣《ひけつ》をお教え願いたいものです」

「秘訣って言われてもなぁ。なんでみんな、俺なんかをここまで好いて尽《つ》くしてくれるのか、俺が一番不思議に思ってるよ」

「俺なんかとはまたご謙遜《けんそん》を」

一代で大宗主《レギンアーク》にまで上り詰《つ》めた漢である。

女などいくらでも寄ってくるであろう。

さらに私見ではあるが、勇斗は覇気《はき》に満ちた一面もあるが、一方でどこか抜けていて頼りないところもある。私生活面では特に。

そういうところが、自分が支えてあげねば、という母性本能をくすぐるのではないかとヨルゲンは思っている。

それを天然でやっているのだから、まったく羨《うらや》ましい限りである。

「おっと、話が逸《そ》れましたな。となると、ジークルーネやクリスなども？」

「ああ、そうなった時は、俺についてきてくれるそうだ」

「やれやれですなぁ。宗主に相応《ふさわ》しい器量の者どもを軒並《のきな》み連れていかれるとは」

「俺としては、あんたが継いでくれたらそれが一番なんだけどな」

「こんな老い先短い老骨に何を仰《おつしや》いますか」

ヨルゲンは思わず苦笑する。

すでに自分はもう六〇近い。

《鋼《はがね》》の若頭補佐《ほさ》の任も辞し、《狼《おおかみ》》の宗主の座も次代に託《たく》し、今や楽隠居《らくいんきよ》の身である。

特にやり残したこともない。

今さら表舞台《おもてぶたい》に立つ気もなければ、そんな気力も残っていない。

「やっぱ無理だよなぁ。じゃあ誰が適任だと思う？　忌憚《きたん》ない意見が欲《ほ》しい」

「ホムラ様ですな。ノブナガ殿の血か、王の器をひしひしと感じます」

「ホムラはダメだ。俺の子分ではないからな。あいつが王となれば、火薬や鉄製武器を躊躇《ためら》いなく使うだろう」

「なるほど。では、ふーむ、候補は三人。ムスタファ、バール、バベルあたりですかのぅ」

いずれもこの一〇年余の間に、メキメキと頭角を現してきた者たちである。

勇斗は苦笑して、

「おいおい、ゲンドーが入っていないぜ」

「孫は大宗主《レギンアーク》となるにはまだまだ修行《しゅぎょう》が足りませぬ」

「謙遜だな」

「いえ、本心でございます」

粛々《しゅくしゅく》とヨルゲンは言う。

確かに贔屓目《ひいきめ》抜《ぬ》きにして、孫のゲンドーは、自分の血を色濃《いろこ》く継いだのか、政務面には非凡《ひぼん》な才能があることは認めよう。

だが、残念ながら胆力《たんりょく》に欠けるきらいがある。

優《すぐ》れた宗主の下でならその力を発揮できるだろうが、自ら太陽となって輝《かがや》く資質はないというのがヨルゲンの評だった。

「そうか。なら、その三人の中では誰がいいと思う？」

「バベルでしょうな。まだまだ不安定な政情、武力が必要不可欠です。エインヘリアルであるあやつはその辺、頭一つ抜けております」

「……ふむ」

勇斗はヨルゲンの推薦《すいせん》に、腕《うで》を組み考《かんが》え込《こ》むそぶりを見せる。

「何かご懸念《けねん》でも？」

「いや、けっこう野心家なところがあるだろう？　そこがちょっとな」

「王たらんとする者が野心家でなくてどうします。むしろ頼《たの》もしいぐらいではありませぬか。親父殿のように無欲なのがむしろ珍《めずら》しいのです」

そう、本来、勇斗のようなタイプが珍しいのだ。

《爪《つめ》》のボドヴィッド、《蹄《ひづめ》》のユングヴィ、《雷《いかづち》》のステインソール、《豹《ひょう》》のフヴェズルング、《槍《やり》》のハールバルス、そして、《炎《ほのお》》の織田信長。

皆《みな》、他国を併呑《へいどん》し、やがてはユグドラシルの覇王《はおう》とならんと胸に大いなる野心を燃やしていた。

そして、それぐらいでなくては人を率いることなどできないのである。

「《狼《おおかみ》》の先々代、ファールバウティ様は、とても優しく包容力のある方でございましたが、一方で失礼ながら優柔不断《ゆうじゅうふだん》で、ぬるい、お方でございました」

「…………」

「それがゆえに、《狼《おおかみ》》は他氏族になめられ、領土を削《けず》られ、滅亡《めつぼう》寸前まで追い詰められたのです。王に必要なのは、優しさより強さでございます。野心は、強さを生みます」

「……そうだな」

ふうっと嘆息とともに、勇斗は天井《てんじょう》を仰《あお》ぎ見る。

まだ何かの懸念が拭《ぬぐ》えないらしい。

だが、ヨルゲンの言葉の正しさを理解してもいる。

だからこその迷いなのだろう。

しかし、決断しなくてはならないのが王たる者の宿命である。

「どうもあのギラついた目が気にはなるが、《鋼《はがね》》に必要なのは確かに弱く優しい王より、厳しく強い王だな」

「言いつけ通り、首実検では間違いないと言っておきましたぞ」

「おう、サンキューな」

《鋼《はがね》》の新都タルシシュよりかなり東方に位置する、とある港。

そこに勇斗一行の姿があった。

彼の妻や子たち皆、誰一人《だれひとり》欠けることなく揃《そろ》っている。

「しかし、随分《ずいぶん》と大胆《だいたん》な手を打たれましたな」

「俺を討った、って戦功があったほうが、箔《はく》がついてバベルも今後やりやすいだろう」

半ば呆《あき》れ半ば感心したようなヨルゲンの言葉に、ニッと勇斗は悪戯《いたずら》っ子のような笑みを浮かべる。

そう、今回のクーデターは丸々全て、やらせである。

死刑《しけい》の確定した罪人たちを適当に宮殿《きゅうでん》に詰め込み、バベルに襲撃《しゅうげき》させたのだ。

バベルも宮殿にまで突撃《とつげき》したのは、親子《おやこ》盃《はい》を交《か》わした少数の信頼《しんらい》の置ける手勢のみ。

真実は闇《やみ》の中、バベルが魔王スオウユウトを討ったという戦果だけが残るという筋書きである。

「悪いが、あいつのお目付け役、頼んだぜ。くれぐれも、チートと文字を使わせないように、な」

「心得ております。ゲンドーにもきっちり叩《たた》き込んでおきますゆえ、ご安心を」

「そうか。なんつーか、俺が《狼《おおかみ》》の宗主を継いで以来、ずっとヨルゲンには面倒なことばっか押し付けてるな。すまない」

申し訳なさそうに勇斗は頭《こうべ》を垂れるが、

「ははは っ、そんなことを気にされていたのですか」

ヨルゲンは笑い飛ばしたものである。

「あのスオウユウトを縁《えん》の下で支えてきたのは、むしろ私の誇《ほこ》りですぞ」

「そう言ってもらえると、こっちも心が軽くなる。俺も、あんたのような漢に認めてもらえてたことを、誇りに思っている」

「なんと……っ！　もったいないお言葉！　ヴァルハラへの良い土産《みやげ》を頂きましたわ」

よっぽど感激したのか、ヨルゲンは涙《なみだ》をこらえるように眉間《みけん》をおさえる。

「おいおい、縁起《えんぎ》でもない。まだまだ元気に長生きしてくれよ」

慌《あわ》てて勇斗も声をかける。

お目付け役という点を抜きにしても、やはりもう二〇年来の仲である。

実際にともに戦場に出た回数こそ少ないが、政治という魑魅魍魎《ちみもうりょう》跋扈《ばっこ》する世界でともに戦い抜いてきた。

いつまでも壮健《そうけん》でいてもらいたかった。

「ははっ、そうですな、さしあたってはノゾム様のお子の顔も拝見したいですしな」

「ああ、ぜひそうしてやってくれ」

「親父殿……」

そこで、ヨルゲンはフッと折り目を正し、腰《こし》の剣《けん》を抜き放ち、切っ先を天に向け、胸の前で構える。

捧剣──

ユグドラシル流の敬礼だった。

「《狼《おおかみ》》を継いでより二〇年弱、真にお疲《つか》れ様《さま》でした。余生……と呼ぶにはまだお若うございますが、ようやく重責から解放されたのです。自由を謳《おう》歌《か》なさってくだされ」

その言葉には、上《うわ》っ面《つら》の世辞なんかではない、心からの労わりがあった。

これまでの思い出の数々が胸に去来し、勇斗は胸がじぃぃぃんと熱くなるのを感じた。

だが、ここで泣くのは彼の流儀《りゅうぎ》ではない。

勇斗はニッと笑って、手をあげる。

「ああ、あんたも元気でな」


ガレオン級帆船《はんせん》ノア。

ユグドラシルから住民脱出《だっしゅつ》を果たしたガレオン船団の旗艦《きかん》であり、《鋼《はがね》》の大宗主《レギンアーク》を辞《や》めた勇斗が持つ唯一の財産である。

公式にはクーデターのいざこざで燃えたことにして、ちょろまかしたのだ。

その船内の一室には、現在の勇斗一行の首脳陣《しゅのうじん》が一堂に会していた。

正妻の美月《みつき》とその息子《むすこ》、ノゾムとその婚約者エフィーリア。美月の娘《むすめ》ミライ。

フェリシアとその息子、ルング。その娘リア。

ジークルーネとその娘、ウィズ。

リネーアとその息子、アーネス。

ファグラヴェールとその息子、シグルド。

イングリット、アルベルティーナ、クリスティーナ、ヒルデガルド、ホムラの計一九名である。

イングリットやアルベルティーナにも子はいるし、他にも勇斗の子は何人もいるのだが、まだ年若いということで今この場にはいない。

「改めて……みんな、俺の我《わ》がままに付き合ってくれて、ありがとな」

ペコリと勇斗は頭を下げる。

ここにいるのは皆、《鋼《はがね》》の重鎮《じゅうちん》とその子息たちである。

あのまま《鋼《はがね》》にいれば、そこそこ裕福《ゆうふく》で安全な暮らしが保証されていた者たちだ。

勇斗も迷ったのだ。

妻子たちの為《ため》にも、大宗主《レギンアーク》を続けるべきなのではないか、と。

一方で、もう十分責務は果たした。もう自由になりたいという想《おも》いも強かった。

この場にいる者たちは皆、勇斗の新たなる旅立ちを応援《おうえん》してくれた。受け入れ、ついてきてくれた。

そのことに、ただただ感謝しかなかった。

「とりあえず、これから向かうとある島を拠点《きよてん》に、のんびり商売でも始めようかなって思ってる。軌道《きどう》に乗るまで色々不便をかけるとは思うが、よろしく頼む」

大宗主《レギンアーク》を辞め、自由の身となったはいいが、食べていくためにはなんらかの仕事をしなければならない。

退職金代わりに《鋼《はがね》》の宝物庫から多少くすねても罰《ばつ》は当たらないとは思ったのだが、ヨーロッパは肥沃《ひよく》な三日月地帯に比べて土壌《どじよう》が悪い。

財政事情も決して良いとは言えず、後任者の為になるべくは残してやりたかった。

というわけで、このノアを使って海上貿易で生計を立てることにしたのだ。

「それ自体は否やはねえんだけどよ。まったく人が悪いよな、父上も。もっと早く相談してほしかったぜ」

頬杖を突きつつ、ノゾムが不機嫌《ふきげん》そうに言う。

続けて、

「てっきり俺はこのまま神帝《テイウダンス》を継ぐものと思っていたのによ」

「お前は神帝《テイウダンス》など継ぎたくないだろうと思っててな」

「それでも相談ぐらいしろって話だよ！　確かに継ぎたくはなかったけどよ。俺の人生にもめちゃくちゃ関わってくることだろ⁉」

「そうだな。お前ももう元服したしな。相談ぐらいするべきだったかもしれないな」

「かもじゃねえ、しろ。あんま子供扱《あつか》いすんな」

唇《くちびる》を尖《とが》らせ、なんとも生意気に絡《から》んでくる。

その隣《となり》では婚約者《こんやくしゃ》のエフィーリアがちょっと困った顔でおろおろしている。

勇斗にそんな態度では叱責《しっせき》を食《く》らうとでも思ったのかもしれない。

もっとも勇斗としては怒《おこ》るどころか、

「く、くくっ」

思わず吹《ふ》き出してしまう。

自分をもういっちょ前の大人だと主張する。

まさしく子供あるあるである。

勿論《もちろん》、勇斗自身にも経験がある。

正直、微笑《ほほえ》ましくて仕方がない。

が、その勇斗の態度は、どうもノゾムの癇《かん》に障《さわ》ったらしい。

「なんだよ、何がおかしい⁉」

「いや、お前も大きくなったなと思ってな」

「むしろ小馬鹿にしてるように見えるけどな？」

「そんなつもりはない。わかった。これからはちゃんと相談する。くくっ」

「笑うな！　だから何がおかしい⁉」

からかわれていると思ったのか、ノゾムは怒気《どき》を露《あら》わにするが、それがまた勇斗の笑いのツボを的確に突《つつ》いてくる。

悪いとは思うし、こんな態度では相手がイラつくのも仕方ないとわかってはいるのだが、どうしても微笑ましくて頬が緩んでしまう。

「〜〜っ！　だからなんで笑う⁉　喧嘩《けんか》売ってんのか⁉」

「いや、すまんすまん。喧嘩を売っているつもりはない。お前を怒らせるつもりも。ただ、すまん。そう凄《すご》まんでくれ」

笑いを何とか噛《か》み殺しつつ、勇斗はお願いする。

息子には本当に悪いと思うのだが、あんまりそう凄まれると大爆笑《だいばくしょう》してしまいそうになるのだ。

「ちっ、なんだってんだよ、まったく」

暖簾《のれん》に腕押《うでお》しと思ったのか、ノゾムは仏頂面《ぶっちょうづら》でそっぽを向いて嘆息する。

納得はしていないようだが、とりあえず矛《ほこ》を収めてくれたらしい。

「ノゾム様、貴方のお父上は数多《あまた》の修羅場を潜り抜け、歴戦の英傑《えいけつ》たちと矛を交えてきたお方だ。失礼ながら、貴方程度の覇気ではまだまだ子犬がキャンキャン吠《ほ》えているようにしか見えないのでしょう」

せっかく鎮火《ちんか》しかかっていたところに、ジークルーネが特大の油を注いでくる。

さすがに一瞬《いっしゅん》、場の空気が凍《こお》る。

まさしくそれは勇斗の心境そのものではあったが、わざわざはっきり口にするものでもない。

「～～～～っ!!」

おそるおそるノゾムに目を向けると、顔を真っ赤にしてプルプルと震《ふる》えていた。

男として、完膚《かんぷ》なきまでにプライドを傷つけられたのだ。

「ばっ……」

ぶち切れて声を張り上げようとするも、しかしそこで隣のエフィーリアの顔を見て、押し止《とど》まる。

ついでノゾムはふ～～～っと長い息を吐《は》き、

「まだまだ俺は父上の足下《あしもと》にも及《およ》ばないってことか」

なんとも忌々《いまいま》しげに、苛立《いらだ》たしげに吐き捨てる。

はっきり言って態度は悪い。

悪いのだが、「おっ」と勇斗は目を瞠《みは》る。

(自らの力不足をきちんと認められた、か)

言葉にするのは簡単だが、実際にそれをするにはプライドが邪魔《じゃま》をしてなかなかに難しいことである。

だが、これを痛感することが、本当の成長の第一歩でもある。

先程《さきほど》の一幕を見る限り、エフィーリアとの婚約《こんやく》も、成長の一助になっているようだ。

(なるほど、これはあんまり子供扱いばかりもしてられないな)

親からすれば、子供はいつまでたっても子供に思えるものだが、やはり子供は子供のままではいてくれない。

雛《ひな》はやがて巣立っていくのだ。

少なくとも今、ノゾムはもう羽ばたく準備を始めている。

(俺も年を取るわけだ)

しみじみとそんなことを想った。


「ここが俺たちの新たな住処《すみか》だ」

二週間後。

勇斗たちは、二一世紀ではエーゲ海のキクラデス諸島と呼ばれる島の一つにいた。

小山には段々と日干し煉瓦《れんが》の家々が立ち並んでいる。

「へえ、すっかり整ってるね〜」

「一年ほど前から準備を進めていたからな」

隣で感心する美月に、勇斗はニッと口《くち》の端《はし》を吊《つ》り上げる。

人をやって調査したところ、祖父母のそのまた祖父母のあたりに、火山の大爆発《だいばくはつ》があったらしい。

その時の爆発力《ばくはつりょく》は凄《すさ》まじく、かつてそこには大きな島があったそうだが、中心のかなりの部分が吹っ飛んでしまったんだとか。

勇斗がネットで調べたところ、おそらく紀元前一六二八年頃《ごろ》のミノア噴火《ふんか》とみてどうも間違いない。

その惨禍《さんか》はエーゲ海一帯に及び、なんでもプラトンのアトランティス伝説の元ネタになったのでは、なんて説まである。

これも縁かもしれないな、と勇斗はその時思ったのだ。

ちょうど噴火以来、人が寄り付かなくなっており、かつミノア噴火以降、前一九七年ぐらいまで長い休眠期《きゅうみんき》に入ったとある。

またこのキクラデス諸島は、雨量は非常に少なく、年間降雨量は四〇〇ミリに満たない。

慣れ親しんだ日干し煉瓦を作るのに最適な気候だったのも大きい。

新たに入植するのにこれほど都合がいい場所はなかったのだ。

「大宗主《レギンアーク》様、お待ちしておりました！」

「大宗主《レギンアーク》様、お疲れ様です！」

「大宗主《ジークレギンアーク》様万歳！」

船から降りると、二〇〇名ほどの者たちが出迎《でむか》えてくれる。

大宗主《レギンアーク》を辞めると知ってても付いてきてくれた者たちと、その家族だ。

一時は一〇〇〇人からの人間が付いていきますと志願してくれたのだが、さすがにその全てを連れていくわけにもいかず、結局これだけの人数に絞《しぼ》らせてもらった。

近衛を務めてもらっていた関係上、付き合いの長い親衛騎団《ムスッペル》の出身者が多いが、他の妻たちの子分弟分たちも少なからずいる。

彼らにこの島に住む準備を整えてもらっていたのだ。

「おう、おつかれさん。いい感じに仕上がってるじゃないか」

勇斗も手を上げて返す。

この人数で、たった一年でここまで出来ているとは正直思っていなかった。

彼らがどれだけ頑張《がんば》ってくれたのか一目瞭然《いちもくりょうぜん》である。

それに気づいてねぎらうのが上の務めだった。少し偉《えら》そうだなと内心自嘲はしてしまうのだが。

「大宗主《レギンアーク》様、お久しぶりですな」

「おお、ギンナルじゃないか！」

現れた初老の男に、勇斗は相好を崩《くず》す。

ギンナル――

勇斗がまだ《狼《おおかみ》》の宗主だった頃、『先《ま》ず隗《かい》より始めよ』の故事に倣《なら》って重用した交易商人だ。

《鋼》になってからも、ユグドラシルではその口八丁を活かして外交担当として、そして新天地に来てからはその交易商人としての経験を活かして、仕入れ先や販路《はんろ》の開拓《かいたく》など、一手に引き受けてくれた、《鋼《はがね》》を縁の下で支えた力持ち的な存在である。

「よく来てくれたな。改めて礼を言わせてくれ」

「ははっ、大宗主《レギンアーク》様にあそこまで熱烈《ねつれつ》に誘《さそ》われては、嫌《いや》とは言えませんよ」

ギンナルが苦笑するように肩をすくめる。

他の者たちは自発的に手を挙げてくれたのだが、このギンナルだけはちょっと事情が異なる。

これから商売をすると決めてはいたものの、勇斗はぶっちゃけ商売は素人《しろうと》同然である。

さすがに商売のイロハも知らずに二〇〇人からの人間を養うのは無謀《むぼう》であり、隠居同然だった彼を、勇斗が是非《ぜひ》にと無理を言ってスカウトしたのだ。

「サンキュな。ところでもう俺、大宗主《レギンアーク》じゃねえぞ？」

他の者にも聞こえる声で、勇斗は言う。

実は先程から大宗主《レギンアーク》、大宗主《レギンアーク》と言われて、気になっていたのだ。

ようやく肩の荷を降ろせたのだ、その肩書《かたがき》で呼ばれるのはどうにもむずがゆかった。

「ふむ、ではどうお呼びすれば？」

「名前でよくね？　俺としてはそれが一番なんだけどな」

「それはさすがに畏《おそ》れ多いですわ」

「そんなに畏《かしこ》まらなくていいんだけどなぁ」

ポリポリと勇斗は不満そうに頭を掻く。

勇斗としては、もう大宗主《レギンアーク》でもなんでもないんだからフランクに接してほしいところなのだが、相手からするとなかなかそうもいかないらしい。

ちらっと周囲に目を向けても、ぶるぶるっと首を左右に振られる。

（やれやれ、どうにも神格化されちまってるよなぁ）

自分なんかにそこまで、と思う一方で、客観的に自分の事績を見て、相手がびびってしまうのもわからないでもなかった。

仮に自分が相手の立場だったとしたら、やはり萎縮を覚えてしまうだろう、と。

「ふぅむ、じゃあ、どんな呼び名がいいかな」

「先代でいいのでは？　あるいはご隠居とか」

「ん～、ここからまた新しく旗揚《はたあ》げするのに、それはなんか変だろう。後、年寄り臭《くさ》いのはなぁ」

勇斗はなんともいやそうに顔をしかめる。

確かにその呼び名で肩書はあってはいるのだが、勇斗はまだ三〇半ばにもいっていないのだ。

さすがに抵抗《ていこう》感があった。

「ああ、じゃあ、大旦那《おおだんな》はどう？」

ポンッと手を打ちつつ、名案とばかりに美月が言う。

勇斗もパチンっと指を鳴らす。

「ああ、それだ！　商売だしそれがいいな。じゃあ、今日から俺はこのイアールンヴィズ商会の大旦那だ！」

「大旦那、ですか。ふむ、わかりました。ではこれからはそう呼ばせていただきます。しかし、イアールンヴィズ商会、ですか」

懐《なつ》かしそうに、ギンナルが目を細める。

彼《かれ》の目には、もうすでに海に沈《しず》んだ懐かしい光景が浮かんでいるのかもしれない。

勇斗もしんみりと頷き、

「俺にとっては第二の故郷で、思い出深い街でもあるからな。商会の名ぐらいには残しておきたくてな」

「良いと思います」

「よぉし、んじゃ、野郎《やろう》ども、これからイアールンヴィズ商会の旗揚げだ！」

「「「「おおおおおっ!!」」」」

勇斗が拳《こぶし》を突き上げ叫《さけ》ぶと、呼応するようにその場にいた者たちも拳を突き上げ咆《ほ》える。

そのノリは商人というよりまさしく戦に赴《おもむ》く将軍と兵士といった感じだとギンナルは内心思ったが、賢明《けんめい》にもあえて突っ込まない。

こうして、勇斗たちの隠居生活が幕を開けたのだった。

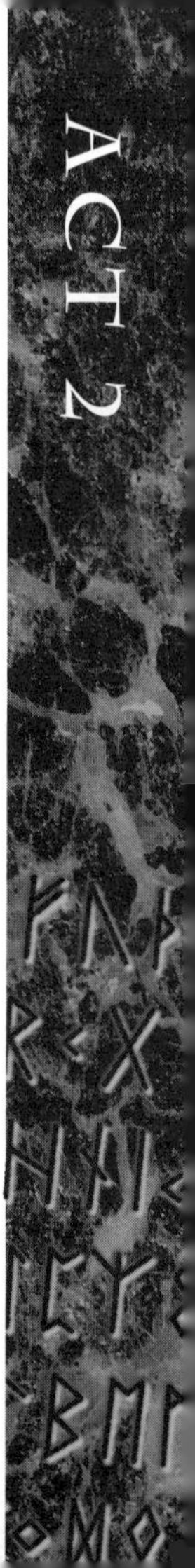

ACT2

エジプト——

世界四大文明の一つであり、紀元前五〇〇〇年ごろにはすでに人々が定住し、農耕を始めていたとされる。

エジプトはその土地の大半を不毛の砂漠《さばく》地帯で占《し》められているが、毎年夏、ナイル川の増水により、水で覆《おお》われる地域には肥沃な河成土が運ばれてくる。

このナイル川の恩恵《おんけい》を受ける地域をケメトと呼ぶ。

当時の言葉で黒い大地という意味であり、当時の人たちは自国のことをエジプトなどと呼ばず、ケメトと呼んでいた。

その後、数十という都市国家が生まれては消え生まれては消え、やがて紀元前三五〇〇年頃には、ナイル川上流域を支配する上エジプト、ナイル川下流域を支配する下エジプトと二つの統一国家が生まれたとされている。

そして紀元前三一五〇年ごろに、上エジプトの王《ファラオ》・ナルメルが下エジプトを征服《せいふく》、上下エジプトを統一し、エジプト第一王朝を開いたとされる。

それからも幾多《いくた》の王朝が生まれては滅《ほろ》びてを繰《く》り返し、紀元前一六世紀中ごろ、イアフメス一世が異民族ヒクソスを撃退《げきたい》して南北エジプトを統一、エジプト第一八王朝が始まったとされる。

「ちっ、義母上《ははうえ》は何もわかっておらん」

アメン大神殿《だいしんでん》の一室で、青年はなんとも苛立たしげに吐き捨てる。

年《とし》の頃《ころ》は二〇代前半といったところか、その目は鋭《するど》く、筋骨隆々《りゅうりゅう》、まとう覇気も猛々《たけだけ》しく、獅子《しし》や虎《とら》をほうふつとさせる。

一廉《ひとかど》の人物であることは疑いようもない。

彼の名はトトメス三世。

現在、ケメトの頂点に君臨するファラオである。

とは言っても、実権は幼い頃より義母であるハトシェプストに握《にぎ》られており、張りぼての名ばかりのファラオに過ぎないのだが。

「何が穏健《おんけん》に、平和に、友好的に、だ。結局、ミタンニに対ケメト同盟を敷《し》かれ、要衝《ようしょう》メギドは奪《うば》い返され、四方領域《キブラーティム・アルバイム》の覇権《はけん》を失った！　それでもまだなんとか平和裏になどと呑気《のんき》なことを！」

ダンッと近くにあった机に、怒《いか》りのままに拳を叩きつける。

半分は、そんな事態にもかかわらず、母から実権を奪えない自分への不甲斐《ふがい》なさである。

四方領域関連では失態が目立つ義母であるが、ケメト自体は平和そのもの、民衆も豊かになり生活水準も向上している為、支持する者が多いのだ。

『四方領域なんてくれてやれ』

『ケメトは地形的に異民族が侵入《しんにゅう》しにくい。守りに徹《てっ》していればよい』

『我らには母なるナイルの恵《めぐ》みがある』

『これ以上何を望むというのか』

王宮内では、そんな声が大半だった。

「臆病者《おくびょうもの》どもが！　我らの祖先が異民族《ヒクソス》に従属させられていた恥辱《ちじょく》を忘れたか！」

確かに、地形的にケメトは外敵の侵入を受けづらい。

だがそれが絶対ではないことを、歴史が証明しているのだ。

ケメトなど大したことはない。

メギドをあっさり奪えたことで、対ケメト同盟の諸王はそう確信したはずだ。

このままでは敵はこぞって、ナイルの恵みを奪いにくるだろう。

「そうなってからでは遅《おそ》い。まずはメギドだ。あの要衝を取り戻《もど》し、我がケメトの力を見せつけてやるのだ！」

決意を胸に、トトメス三世はグッと拳を握る。

この今は名ばかりの王こそ、後にエジプト最大の版図《はんと》を築き、『エジプトのナポレオン』と称《しょう》された征服王トトメス三世である。


「ほう、ここがメギドか」

つぶやきつつ、トトメス三世はそびえ立つ城壁《じょうへき》を物珍《ものめずら》しげに見上げる。

周りを砂漠《デシエルト》という要害に囲まれたケメトの都市には、城壁がないことがほとんどなのだ。まったくないわけではないが、ここまで立派なものは初めてである。

「ファ、ファラオ。やはりやめましょう。こんな少ない供《とも》では、危険です」

後ろに控《ひか》えていた青年が、情けない声をあげる。

乳兄弟《ちきょうだい》で腹心のラダメスである。

護衛として剣の腕も忠誠心もぴか一なのだが、

「阿呆《あほう》。ファラオなどと呼ぶな。逆に危険が増すぞ」

肝《きも》が据《す》わっておらず頭の回転が鈍《にぶ》いのが玉に瑕《きず》だった。

「はっ⁉　す、すす、すみませぬ。トト様」

「うむ。気を付けろよ。あともう少し落ち着け。見るからに怪《あや》しいわ」

「す、すみません」

ますます恐縮《きょうしゅく》したように縮こまるラダメスに、トトメスはやれやれと嘆息《たんそく》する。

後は度胸さえ付けば、護衛としては適任な男なのだが。

とは言え、人の性格が一朝一夕《いっちょういっせき》で変わるはずもない。

「まあ、安心せよ。誰《だれ》もこんなところに余がお忍《しの》びで来ておるとは思わんわ」

フッと悪戯《いたずら》っけに満ちた笑《え》みをトトメス三世は浮《う》かべる。

彼らは今、攻略《こうりゃく》目標であるメギドに偵察《ていさつ》に来ていた。

ファラオ自らとは実に大胆不敵《だいたんふてき》と言わざるを得ないが、絶対に失敗は許されないからこそ己《おの》が目で確かめねばならん、というのがトトメス三世の考えだった。

実際、ここまででも得られるものは多かった。

特に良かったのが、地形を実際に知れたことである。

伝聞の報告ではやはり、このあたりのことはわかりにくい。

(思った以上に攻《せ》めづらそうだな、この都市は)

街の西にそびえるカルメル山がなかなかに厄介《やっかい》だった。

山を北に迂回《うかい》するか、南に迂回するかしかないのだが、かなりの遠回りとなる。

戦いでは挟撃《きょうげき》するのが勝利の方程式ではあるが、これでは連携《れんけい》をとるのは難しい。

兵站《へいたん》も伸《の》びる。

敵もその二ルートしかないと思っていれば、対策もしやすい。

なかなかに厄介だった。

「次！」

「おお、余……私たちの出番か」

門番に呼ばれ、通行税を払《はら》い、城門をくぐる。

「おおっ！」

視界一面に広がる街並みに、トトメス三世は思わず感嘆《かんたん》の声を漏《も》らす。

ケメトと同じ日干し煉瓦を使った家々なのだが、場所が変われば、雰囲気《ふんいき》ががらりと変わる。

やはりここは四方領域なのだと改めて思う。

特に違《ちが》うのは遠くに見える神殿であろうか。

ケメトのメル（ピラミッドのこと）は石灰岩《せっかいがん》で作られており、また美しい三角形を形成していた。

一方のメギドのメル（ジッグラト）は煉瓦製で、かつ形も三角形からは程遠《ほどとお》く、美しさが足りない。

「これ一つ見ても、我がケメトの敵ではないな」

ふんっとトトメス三世は嘲笑《ちょうしょう》を露わにする。

メルはその街のシンボルだ。

それだけに技術水準がもろに出る。

自分たちケメトとは一〇〇年、二〇〇年の開きがある。

そう感じた。

「やはり敵はハットゥシャか」

より北に勢力を持つハットゥシャ王国は、ケメトでさえ実現できていない鉄の錬成《れんせい》を実現している。

神の金属を操《あやつ》る。

なかなかに信じがたいことであるが、どうも事実のようである。

「大王タフルワイリ、あやつは侮《あなど》れん」

現ハットゥシャの王である。

その武名は、ケメトにまで轟《とどろ》き渡《わた》っていた。

各地で反乱を起こす豪族《ごうぞく》たちを次々と打ち破り、時の王フッツィヤ一世には、『タフルワイリの槍《やり》は同じ重さの金にも勝る価値がある』

とまで謳《うた》われた男である。

二〇年ほど前に一度、出奔《しゅっぽん》していたのだが、一〇年ほど前に突如舞《とつじょま》い戻り、数年のうちに基盤《きばん》を固め、王位を簒奪《さんだつ》してのけたのだから、やはり噂《うわさ》に違わぬ大した男だと言わざるを得ない。

「とは言え、簒奪の影響《えいきょう》で足元はおぼつかぬようだがな」

ニッとトトメス三世は口の端を吊り上げる。

対ケメト同盟で最も脅威《きょうい》と思《おぼ》しき国が動けないのだ。

これほどの好機はない。

だからこそ、今回の遠征《えんせい》は是《ぜ》が非《ひ》でも成功させたいところであった。

「まあまあ、トト様。小難しい話は後にして、まずは酒で喉《のど》を潤《うるお》し、旅の疲れを癒《いや》すとしませんか？」

ラダメスが愛想《あいそ》笑《わら》いとともに、酒場の看板を指さし提案してくる。

軟弱者《なんじゃくしゃ》め、と思わず喉元《のどもと》まで出かかったが、兵を安んずるのもまた将の務めであると思い直す。

ていた。

「ああ、そうだな」
頷《うなず》き、酒場へと足を向ける。
トトメス三世は自分にも厳しいが、他人に厳しいところがある。
だが、厳しいだけでは人は付いてこない。
ラダメスの柔弱《にゅうじゃく》さには時折本気で腹が立つが、自分に対するストッパーとしては重宝し
ていた。

「へい、いらっしゃい！」

店主と思しき中年の男が、野太い声で歓迎《かんげい》してくる。

だが、もうそれはトトメス三世の耳には入っていなかった。

彼の目は、ただ一点に集中していた。

トトメス三世は、自身も国内で三本の指に入る優《すぐ》れた戦士である。

優れた戦士はその所作をわずかに見ただけでお互《たが》いの力量のだいたいを把握《はあく》できるのだ。

だからこそ、わかった。

「何者だ、あやつらは!?」

見た目は見目麗《うるわ》しく華奢《きゃしゃ》な女ばかりである。

だが、入店の際、一瞬こちらに向けてきた警戒《けいかい》の気配、それだけで察した。

化け物が集まっている、と。

「今回はけっこう儲《もう》かったな」

ノゾムは腰にずしっと感じる革袋《かわぶくろ》の重みに、ニマニマと頬《ほお》を緩《ゆる》ませる。

海洋貿易を始めてはや半年、最近はコツもかなりわかってきた。

「何が子犬がキャンキャンだ。ぜってえ吠え面《づら》かかせてやる」

半年前に言われた言葉を、ノゾムは忘れていない。

あの時結局、誰もジークルーネの言葉を否定はしなかった。

父である勇斗《ゆうと》も、どこか気まずげに目を泳がしていた。

つまり、それは事実だということだ。

舐《な》めやがって！　そう腸《はらわた》煮えくり返る想《おも》いではあったが、ここでどんな言葉を口にしたところで、何も変わらないと思った。

これはもう結果で見返すしかない、と。

だからこそ、がむしゃらに商売の勉強に精を出した。

幸い、自分には商売の才能があったらしい。

この調子なら、この四方領域にイアールンヴィズ商会の名を轟かせるのも、そう遠い話ではないだろう。

「ふふっ、そうだね。これならジークルーネ様も、ノゾムのことを見直してくださると思う」

隣で微笑むのは、小さい頃からの憧《あこが》れのお姉さんであり、初恋《はつこい》のひとであり、三ヶ月前、拠点となる島で小さな結婚式《けっこんしき》をあげた妻のエフィーリアである
その柔《やわ》らかな笑みを見ているだけで、心がポカポカする。

照れ臭《くさ》くて面と向かっては言えないが、商売を頑張ったのは、彼女《かのじょ》の為もある。

父に認めさせる云々《うんぬん》を抜《ぬ》きにしても、やはり男として、嫁《よめ》さんを自らの力で養うぐらいの甲斐性《かいしょう》は手に入れたかったのだ。

「ああ、師匠《ししょう》だけじゃなくて、あのぐ〜たら親父《おやじ》にも目に物見せてやるぜ」

忌々しげに吐き捨てつつ、ノゾムはグッと拳を握りしめる。

大宗主《レギンアーク》を辞めて以来、父・勇斗はすっかり腑抜《ふぬ》けてしまっていた。

商会の運営はほとんどをリネーアに任せ、自分は日がな一日、子供たちと遊んだり、釣《つ》りをしたり、妻たちと将棋《しょうぎ》やオセロ、すごろくなどに興じていたりしている。

この半年、まったく仕事らしい仕事をしていないのだ。

「あはは、ぐ〜たらって……お義父様《とう》は二〇年近く、本当に頑張ってこられたのだから、少しぐらいお休みさせてあげても……」

「みんな親父に甘《あま》すぎるんだよ」

エフィーリアが擁護《ようご》してくるも、ノゾムは一刀両断する。

勇斗はまだ三〇を少し過ぎたあたりである。まだ働《はたら》き盛《ざか》りもいいところなのに、なにを隠居《いんきょ》決め込《こ》んでるのか。

他人に働かせて自分はゴロゴロ。

男の風上《かざかみ》にも置けないとノゾムは思う。

「マジでだっせえ。こんな格好悪い親父、見たくなかったぜ」

皆《みな》は勇斗を凄い凄いと持ち上げるが、こんなぐ〜たら親父のどこが凄いのかと思う。

失望した、というのがノゾムの正直な心境だった。

そしてそれを、勇斗の妻たちが許しているのも気に食わない。

尻蹴《しりけ》っ飛ばせって強く思う。

「だから活入れてやらねえとな。てめえなんかもう眼中にねえんだってよ」

それで奮起するならばそれでよし、これでもぐ〜たらを続けるのなら、その程度の男だと見切るだけである。

なによりも――

エフィーリアにそれを見せつけてやりたかった。

彼女はどうも、かなり勇斗のことを尊敬している節《ふし》がある。

一緒《いっしょ》にいるとけっこうな頻度《ひんど》で、勇斗への感謝や崇敬《すうけい》を口にする。

それがどうにも面白《おもしろ》くない。

ここらで俺《おれ》のほうがもう上なんだと愛する妻に見せつけてやりたいところだった。

「若旦那《わかだんな》。入口に少々不審《ふしん》な者たちが」

そんな時である。

護衛のヒルデガルドがひそひそ声で囁《ささや》いてきた。

「へ？」

言われてチラリと出入口に目を向けると旅商人《たびあきんど》と思しき一団がこちらを何か驚愕《きょうがく》したような顔で見つめている。

「彼らがどうかしたのか？」

キョトンとノゾムが問い返すと、答えたのは別の女性だった。

「やれやれ、まだまだですね、若旦那」

クリスティーナである。

彼女も情報収集兼《けん》相談役としてノゾムに同行していた。

妙齢《みょうれい》の理知的な美女ではあるのだが、どこか凍ったような冷たい印象がある上に毒舌《どくぜつ》なので、ちょっとノゾムは苦手だったりする。

「あん？　なにがだよ？」

「かなり強いよ、あの人たち」

もぐもぐと肉串《ぐし》を頬張《ほおば》りながら言うのはアルベルティーナ。

クリスティーナの姉で、こちらも妹同様とてつもない美人なのだが、表情の作り方が全然違うせいか、ほんわかのほほんとした雰囲気がある。

「そうかぁ？」

キョトンと首を傾《かし》げたのはホムラである。

とは言え彼女の戦闘《せんとう》能力は規格外すぎるので参考にはならない。

他三人が言うなら、とりあえず間違《まちが》いはなさそうである。

「へえ？」

ノゾムも注意深く旅商人の一団を観察する。

彼はジークルーネの愛弟子《まなでし》でもある。

ルーンこそ発現しなかったが、彼女からは親衛騎団《ムスッペル》でも十分に通用する剣腕《けんわん》はあると太《たい》鼓判《こばん》も押《お》されている。

ある程度、その佇《たたず》まいを見れば、相手の力量はわかるものだ。

「なるほど、確かに皆、かなりの腕前《うでまえ》の奴《やつ》ばかりみたいだな。商団の護衛としては突《つ》き抜けすぎてるな」

「ああもう、若旦那。そうジロジロ見ては……」

クリスティーナが注意するも、遅かった。

商団の長と思しき男と視線がかち合う。

その瞬間《しゅんかん》だった。

ぞくぅっ⁉

突如《とつじょ》、背筋に悪寒《おかん》が疾《はし》った。

ガタガタっと身体《からだ》が芯《しん》から震え出し、歯がカチカチと鳴り出す。

「ふっ、不躾《ぶしつけ》な視線への返礼だったのだが、少々威嚇《いかく》しすぎたか？」

商談の長が近づいてきて、嘲笑も露わに言う。

言い返そうとすら、思えなかった。

とにかくわけもわからないが、この男が怖《こわ》くて怖くて仕方ないのだ。

「その点、お前らは大したものだ。私の威圧《いあつ》に眉《まゆ》一つ動かさず、平然と食事を続けさえしている」

言われてノゾムが左右に視線を向けると、確かにヒルデガルドもクリスティーナもアルベルティーナも、顔色一つ変えていない。

ホムラに至っては、興味もないのか我関せずと料理に舌鼓《したつづみ》を打っているほどである。

エフィーリアはさすがに表情を強張《こわば》らせてはいるが、それでもノゾムほどに怯《おび》えている感じもない。

自分が一番、この男に呑《の》まれている。

途端《とたん》、猛烈《もうれつ》に恥《は》ずかしくなり、

「べ、別に俺だって……」

「ん？」

「うっ……あ……！」

反論しようとするも、視線を向けられた瞬間、ノゾムは蛇《へび》に睨《にら》まれたカエルのごとく何も言えなくなる。

存在の圧ともいうべきか。

それが心を蝕《むしば》み、身体が半強制的に縮こまってしまうのだ。

「お前ごときに用はない。雑魚《ざこ》は黙《だま》っていろ」

「…………」

もはや言葉を返すことすらできず、ノゾムはうつむく。

(な、なんなんだよ、これはっ!?)

ジークルーネに殺気を向けられた時にも、近い経験をした覚えはある。

だがもうノゾムはそれにも耐《た》えられる。

この男が、ジークルーネより強いとも思えない。

だが、どうしようもなくその圧に呑まれ身体が固まってしまうのだ。

「あら、うちの若旦那を雑魚呼ばわりとは、いただけませんね？」

クリスティーナが冷笑《れいしょう》とともに言う。

なんでそんな喧嘩《けんか》腰《ごし》にからむ!?　とノゾムは思わず焦《あせ》る。

こんな危険な男と争っていいことがあるはずがない。

なぜ揉《も》めようとする!?

「くくくっ」

だがノゾムの意に反し、男は楽し気に笑ったものである。

まったく意味がわからない。

「私相手にそんな口を叩《たた》いた女は、義母上を除けばお前が初めてだ。面白い。名を名乗れ」

「そっちが先に名乗るのが筋というものでは？」

「ほう？」

ズンッ！

男が笑った瞬間、空気の重さが増した。

もはや呼吸さえするのが難しい。

室内の空気は暖かいぐらいなのに、身体が寒くて仕方がない。

「女の名前を聞くのに凄《すご》むなんて、さすがにちょっと格好悪すぎません？」

「ぷっ、くくく、そうだな、その通りだ」

男が噴《ふ》き出した途端、空気の圧がなくなる。

やっと息が吸えて、ノゾムはホッとする。

助かった。あのままでは本当に窒息死《ちっそくし》していたかもとさえ思う。

「余の名はトトメスだ。ケメトのファラオ、トトメス三世である！」

男――トトメスが名乗りを上げる。

ケメトと言えば、このメギドの西南に広がる大国である。

その王だというのなら、この威圧感も納得《なっとく》だった。

「こ、こんなところで正体を明かされるのは⁉」

「黙っておれ。妻に迎《むか》え入れようというのだ。こちらも誠意を見せるのが筋というものだろう」

（はっ⁉　妻⁉）

声にも出せず、ノゾムは動転する。

わけのわからなさがどんどん加速していく。

いったい何がどうしてそういう話になっているのか、頭がついていかない。

「さて、美しく気高き人。そなたの名を聞かせてもらえるかな？」

「クリスティーナです」

「クリスティーナか。良い名だ。そなたの心根に心底惚《ほ》れた。そなたは王の妻となる器量がある。ぜひ我《わ》が妻になってはもらえ……」

「ごめんなさい」

トトメスの求婚《きゅうこん》に、被《かぶ》せ気味《ぎみ》にお断りするクリスティーナ。

ざまぁみろとノゾムは思うが、もちろんそんなことは口にはしない。できない。

「まさかとは思うが、これに義理立てしているのか？」

トトメスがくいっと親指でノゾムを指し示す。

これ扱《あつか》いにはカチンときたが、やはり何も言う気にはなれない。

「いえ、ワタシの想い人は他にいますから」

「ほう、その相手が羨《うらや》ましいな。だが、その者にそなたを受け入れるだけの度量が果たしてあるかどうか」

「ふふっ、ご安心を。ワタシのすべてを受け入れてくださいますわ。そしてワタシの命も、そのひとのためだけにあります」

「そうか。それは妬《ねた》ましい限りだ」

「えっ⁉　クリス、そんなひといたの⁉」

ぎょっと今さらのように慌《あわ》てたのは、彼女の姉のアルベルティーナだ。

クリスティーナが誰より大事にしているのは実のところ姉の彼女なのだが、当の本人だけが知らない事実である。

「もしかしてお父さん⁉　あっ、アタシに遠慮《えんりょ》してるとか⁉」

「違いますよ。話が厄介になるからアル姉はとりあえずごはん食べててくださいね！」

「ええっ⁉　じゃあ後で教えてくれる⁉」

「それは秘密です」

「ぶ～」

「ほらほら、スープがついてますよ」

「えっ⁉　どこ？」

「ここです」

クリスティーナがひょいっとアルベルティーナのほっぺたを人差し指ですくい、パクッと自らの口にいれる。

その表情は、いつもの氷の表情とはうってかわって、柔らかい。

彼女が誰を想っているのか、まさに一目瞭然《いちもくりょうぜん》だった。

「なかなか不毛なことをしているな」

トトメスも気づいたらしく、苦笑いとともに言う。

「ワタシの勝手でしょう？」

「そなたほどのいい女がもったいない。男の良さというものを教えてやろう」

他者を思い通りにできる、そう信じて疑わない声であり笑みだった。

だが、決して身《み》の程《ほど》知らずというわけでもない。

その言葉に逆らえない、人に自ら従わせる、そんな不思議な力に満ち満ちている。

そんな妙《みょう》な圧があった。

「お断りします。あなた以上の男も、何人も見てきたので」

だというのに、クリスティーナはあっさりと切り捨ててしまう。

この人、神経があるのか⁉　とノゾムは正直思った。

実際、ヒルデガルドとアルベルティーナとホムラを除けば、護衛として連れてきた兵士たちも皆、トトメスの圧に呑まれ、その顔を強張らせている。

涼《すず》し気《げ》な顔でいられるこの四人がおかしいのだ。

「ほぉ、余以上を何人もと申すか。ならば是非《ぜひ》とも連れてきてもらおうか」

楽し気だが獰猛《どうもう》なトトメスの声とともに、圧がさらに増す。

底なしか、こいつ⁉

もう勘弁《かんべん》してくれ！　解放してくれ！

そう心から願ったその時だった。

「お、いたいた。よう、待たせたか？」

場違《ばち》《が》いにのんびりとした、父の声が酒場に響《ひび》いたのは。


なんだ、この得体の知れない男は⁉

左右には銀髪《ぎんぱつ》と金髪《きんぱつ》の美女がいるというのに、まったく目に入らなかった。

年は二〇代後半から三〇前後といったところか、のんびりとして温和そうな、トトメスに言わせれば腑抜けた男である。
なのに、異様に恐《おそ》ろしい。
断崖絶壁《だんがいぜっぺき》の上から果てしない底を見下ろしているかのような、そんな気分になる。
「ほら、丁度来ましたよ？　貴方《あなた》以上の男が」
クスッとクリスティーナが、恐怖《きょうふ》を見透《みす》かしたように笑う。
惚れた女の前で無様《ぶざま》は晒《さら》せない。
キッと現れた男を睨みつけ、圧をかける。
「ん？」
男はキョトンとした目をぱちくりとさせる。
なぜこんな威圧をされるのかまるでわからないという顔だ。
だが、怯えている風もない。
(面白いっ！)
クリスティーナが自分以上とまで言った男だ。
手加減するいわれもない。
獰猛な笑みを浮かべ、全力全開で威圧をかける。
「ひっ！」

「うっ⁉」

酒場の他の客たちからも、短い悲鳴のようなものが飛ぶ。

偉大《いだい》なる王のみが持つ風格、それが周囲を圧倒《あっとう》するのだ。

「え～っと、もしかしてうちの息子《むすこ》がなんか粗相《そそう》でもしたか？」

トトメスの本気の圧の直撃《ちょくげき》を受けてもなお、男は涼しげな顔でまったく緊張《きんちょう》した様子もなく問うてくる。

あえて流した、というわけでもない。

ただ単純に、トトメスの圧をそよ風程度にしか感じていない。

そんな反応だった。

「ふむ、あんまガキの喧嘩《けんか》に親が口を挟《はさ》むのも野暮《やぼ》ってもんだが、これはちょっとノゾムの手には負えないか。いいだろ、俺が相手になってやるよ」

そう言って、ニッと男が悪戯っぽい笑みを浮かべた瞬間だった。

ぞおおおおおおっ‼

背筋をこれまで感じたこともないような恐怖が疾り抜ける。

顔面からぶわっと一気に脂汗《あぶらあせ》が噴き出す。

義母であり、生殺与奪《せいさつよだつ》を握られている偉大なるケメトの女王ハトシェプストと接してい

る時でさえ、ここまでの恐怖を感じたことはなかった。

カクンっと膝《ひざ》の力が抜け落ち、立っていられずその場に思わず尻《しり》もちをつく。

「っつーわけで、ここは俺の顔に免《めん》じて、許してやってくれねえかな？」

ポンッと肩《かた》を叩かれる。

完全に格下扱いであり、事実、トトメスの心と体は男の圧に屈《くっ》し膝を折った。

あまりの屈辱《くつじょく》に、か〜っと顔が熱くなった。

「さぁて、飯飯っと。アル、どれ美味《うま》かった？」

なおムカつくことに、男はすでにトトメスへの関心を失い、完全に店の料理に興味が移ってしまっている。

もはや眼中にもない。

その事実に、トトメスはぷるぷると身体を震《ふる》わせる。

「お、おい！　き、貴様！」

「へえ、まだ噛《か》みついてくるのか。将来有望だな」

席に着いた男が、楽し気に微笑《ほほえ》む。

見下しているという自覚すら、おそらくこの男にはないのだろう。

「な、名前を教えろ！」

このままで済ますつもりは、トトメスにはなかった。

男はますます面白そうに笑った。

「俺か？　俺は周防《すおう》勇斗だ」

その悠然《ゆうぜん》とした態度が、とにかくムカついて仕方なかった。

空に太陽が一つしかないように、地上の民を照らす太陽もまた一つであるべきだ。

この男は必ず自分が叩き潰《つぶ》す。

この時、静かにトトメスはそう心に誓《ちか》ったのである。


「マジかよ……」

去っていくトトメスの背中を、ノゾムはただただ呆然《ぼうぜん》と見送ることしかできなかった。

二人の間に何があったのか、ノゾムにはうかがい知ることさえ出来ない。

だが、父と対峙《たいじ》した瞬間、それまであれほどまでに強大で不遜《ふそん》でさえあったトトメスが、怯え狼狽《ろうばい》し萎縮してしまった。

まさしく獅子《しし》だった男が、借りてきた猫《ねこ》のようにおとなしくなってしまったのだ。

「おい、ヒルダ。お前はノゾム様の護衛だろう？　あんなのをつけあがらせて、何を呑気《のんき》に飯を食べている？」

ジークルーネがジロリとヒルデガルドを睨み据えて言う。

あんなの、という言葉に戦慄《せんりつ》を覚えずにはいられない。

彼女にはその程度の相手にしか見えなかったということだ。

「あー、それなんすけど、クリスにこれも社会勉強だって」

「ああ、なるほどね。確かに手ごろな相手だったな」

ヒルデガルドの返事に、勇斗が得心がいったように頷く。

あれのどこが手ごろだ⁉　と言いたくなるが、勇斗の目には本当にそう見えているのだろう。

「そういや、なんて言うんだ、あいつ？　一廉《ひとかど》の人物って感じはしたが」

「トトメス三世と名乗っておりました。ケメトのファラオだ、と」

「ぶっ！」

勇斗は口に含《ふく》んだ葡萄酒《ぶどうしゅ》を盛大《せいだい》に噴き出す。

対面にいたノゾムはいい迷惑《めいわく》である。

「なにすんだよ、親父⁉」

「げほげほ、わ、わりい。だが、トトメスだとぉ？」

咳《せ》きこみつつ、勇斗がクリスティーナに問いかける。

「はい、ご存知《ぞんじ》で？」

「ああ、エジプトのナポレオンじゃねえか」

「エジ……なんですって？」

「俺が知る歴史でも、とんでもない英傑《えいけつ》だよ。エジプトの最大版図を築き上げた英雄《えいゆう》だ」

「ということは、三五〇〇年後にも名を遺《のこ》す人物、ということですね」

クリスティーナがその表情をわずかに険しくして問う。

ノゾムも話には聞いている。

彼《かれ》の父勇斗と母美月《みつき》は、三五〇〇年先の未来からやってきた人間だ、と。

正直、眉唾物《まゆつばもの》とは思うのだが、どうもクリスティーナやバーラ、ファグラヴェール、フエリシアなど《鋼《はがね》》が誇《ほこ》る才媛《さいえん》たちもそれを心から信じているのだ。

彼女らがそう信じるに足るものは、なにかしらあったのは間違いないだろう。

「ああ、さすがに社会勉強にはちょっと大物すぎるぞ、これは」

「その大物すぎるひとを、一瞥《いちべつ》で黙らせるあたり、お父様もたいがい人外ですよね」

「……まだほら、あいつ若かったじゃん。年の功ってやつだよ」

「そうですか？　同じ年頃《としごろ》でも、お父様のほうが数段上だったとワタシは記憶《きおく》しているのですが？」

「記憶ってのは美化されるものだろう？」

「美化……ねぇ？　あのトトメスの圧、ワタシもアル姉もヒルダも、かる～く受け流せちゃったんですよ、わりと」

「ほ、ほぉ？」

「あのシトークの会談、お父様と《炎《ほのお》》の信長の睨み合い、あれから比べたらもうそよ風もいいところでしたよ、おかげさまで、ええ」

クリスティーナが皮肉る。

これには勇斗も苦笑いである。

しかし、ノゾムはもうそれどころではなかった。

あのトトメス三世の圧がそよ風？　そのシトークの会談とやらではいったいどんな地獄《じごく》が繰《く》り広げられていたのか。

想像するだに恐ろしかった。


食事を終え、船に戻《もど》る道中のことである。

ノゾムがショックで意気消沈《いきしょうちん》してとぼとぼと歩いていると、

「少しはお父様の偉大さがおわかりになりましたか？」

ボソリと隣《となり》のクリスティーナが声をかけてくる。

思わずカーッと恥ずかしさにノゾムは顔が赤面するのを感じた。

自分が身の程も知らないガキだった、ということを嫌《いや》というほど思い知る。

だが、事実は事実として受け入れなければならない。

ここで虚勢《きょせい》を張るのは、何より格好悪いことだと思うから。

「ルーネ師匠に昔、言われた言葉がある。相手の強さがわかるのも強さのうちだ、と」

「へえ？」

「当時は、戦いで相手の強さを測れなくては手痛い目に遭《あ》うと、そういう意味で捉《とら》えていた。だが、違うのだな」

「ふむ、どう違うのです？」

「あまりに力量が離《はな》れすぎている相手では、その大きさを感じ取ることすらできない。俺と親父では、それぐらいまだ開きがあるってことだ」

ノゾムはギリッと奥歯《おくば》を噛み締《し》めつつ言う。

自分はトトメス三世に睨まれただけで、金縛《かなしば》りにあったように動けなくなってしまった。

そのトトメス三世すら、勇斗の圧に耐えきれず腰《こし》を抜かした。

それが現実なのだ。

追い抜いたところを見せてやる、そう言っていた自分がとにかく恥ずかしかった。

勇斗にしてみれば、それこそ子猫《こねこ》がじゃれついてきているように見えていたことだろう。

「ふふっ、まあ、そう落ち込むこともありませんよ。貴方のお父様はちょっと規格外すぎますから」

クスクスとクリスティーナが笑う。

彼女の言葉もよくわかる。

三五〇〇年先まで名を遺すような奴まで赤子扱いだ。化け物すぎるというしかない。

「それでも、だ。足下《あしもと》にも及《およ》ばないってんじゃ、男として俺も格好がつかねえんだよ」

忌々《いまいま》しげに、ノゾムは吐《は》き捨てる。

はっきり言って、あまりの壁《かべ》の高さに正直へこたれそうである。できるものならとっとと諦《あきら》めてしまいたい。

だが……

ちらりとノゾムは妻のエフィーリアに目を向ける。

（初恋は父上……らしいしなぁ）

そういう話を昔、聞いた覚えがある。

だからこそ、易々《やすやす》と負けを認めるわけにはいかなかった。

男として、エフィーリアの夫として、恋敵《こいがたき》に負けっぱなしでは面白くない。

自分を選んで良かった、そう思わせたい。

やっぱり勇斗を選んでおけば、なんて絶対に思わせたくない。

ならば、がむしゃらに頑張《がんば》って、その背中に追いつくしかないのだ。

「その心意気やよし……ですが正直、道は凄《すさ》まじく険しいですよ？」

こういう時に嘘《うそ》を言わない彼女を有難《ありがた》いとも思う。

「だろうよ。今日でそれは嫌《いや》ってほど痛感したよ」

手が届きそうだと思っていたその背中はただの蜃気楼《しんきろう》で、虚《むな》しく消え去った。

ゴールはただただ果てしなく遠く、地平線の彼方《かなた》だ。

まったくもって途方《とほう》もない。

こんなのを父に持った自分は、つくづく不幸だと思う。

「でも諦めるつもりはない、ですか。ふふっ、少しは男の顔をするようになりましたね」

「少しは、か。前はどう見えていたのやら」

「ワタシの大切な親友を娶《めと》るからには、もっともっと成長してもらわないと、ってところですかね？」

「なるほどね」

最近、地味に当たりが強いと思ったが、そういうことかと納得する。

アルベルティーナは別格として、確かにエフィーリアとも仲良く談笑《だんしょう》していたし、エフィーリアからは頼《たよ》りがいのある姉貴分として慕《した》われていた。

その親友の夫としては、まだまだ力不足というのが彼女の評価なのだろう。

「それでわざわざヒルダを止めたってわけだ？」

「お怒《いか》りになります？」

「いや、むしろありがとよ」

ぬるま湯は気持ちいいが、そこに成長はない。

ノゾムが望むのは、エフィーリアの夫として誰《だれ》からも認められる、彼女がこのひとと結《けっ》婚《こん》してよかったと思ってくれるような男になることだ。

彼女の親友であるクリスティーナに認められるのは、その第一歩として丁度いい。

「では、これからもビシバシ行きますので」

「お手柔《てやわ》らかに、と言いてえところだが、遠慮はいらねえ。手加減せずにガンガン、だめなところがあったら指摘《してき》してくれ」

「ふふっ、いい覚悟《かくご》です。ですが、吐いた言葉は飲めませんよ？」

「ああ、わかっている」

頷《うなず》きながらも、ノゾムはゴクリと唾《つば》を呑《の》み込む。

クリスティーナの舌鋒《ぜっぽう》の鋭《するど》さは、思い知っている。

それに手加減なしで切り刻まれるのだ。

なかなか心にきそうではあるが、少しでも父の背中に近づく為《ため》には、四の五の言ってられないのだ。


「ふ〜ん、やっさしいじゃん」

「ふふふ、そうだよ、クリスは優《やさ》しいんだよ」

「えー？　虐《いじ》めたいだけだろ、お前らこいつをよく取りすぎ」

「……やれやれ」

シュッと背後に現れ好き勝手なことをのたまい出す三つの気配に、クリスティーナはなんら驚《おどろ》くことなく振《ふ》り返る。

その接近に、気づいてはいなかった。

だが、今さらだった。

もうそう言う存在なんだと、クリスティーナは割り切っている。

「盗《ぬす》み聞きとは悪趣味《あくしゅみ》ですね？　ホムラ、アル姉、ヒルダ」

振り返ることなく、スタスタ歩きながらクリスティーナは言う。

「聞こえるんだよ、離れていても、なぁ、ヒルダ？」

「そうそう」

「アタシも風が教えてくれるー」

三人も気にした風もなく、後ろをくっついてくる。

新大陸に移って以来、割と年が近いためか、ここにエフィーリアを加えた五人で過ごすことが多い。

能力や性格もバラバラの五人なのだが、意外と逆にそれでうまくバランスがとれたのか、特に喧嘩するようなこともなくそこそこ仲良く現在に至っている。

「やれやれですね。お仕事ですよお仕事。ノゾム様はイアールンヴィズ商会の跡継《あとつ》ぎですからね。奮起させるにはエフィを餌《えさ》にするのがちょうどよかった。それだけです」

「ふ～ん」

ニマニマっとアルベルティーナがクリスティーナの顔を覗《のぞ》いてくる。

なんとなく、その顔がムカつく。アル姉のくせに生意気な。

「別に嘘などついてませんよ？」

しれっとした顔で返すも、

「嘘はついてないけど、本当のこと全部言ってはいないよな？」

「ああ、だな。そう言う臭《にお》いがする」

ホムラとヒルデガルドまでがニマニマとした顔で回り込んできた。

こいつらは表情や声にも出ないわずかな感情を、妙な嗅覚《きゅうかく》で嗅《か》ぎ取ってくる。

まったく面倒《めんどう》くさい連中である。

「なんでそう悪ぶりたがるんだか」

「ぷぷっ、いい年して恥ずかしいっすよ～」

「クリスはそういうとこあるよねー。ほんとはいい子なのに」

彼女《かのじょ》たちの言っていることが当たっているとは言わない。

外れてるとも言わない。

ただ、そういうことは気づいていても、口にしないのが作法というものだとクリスティーナは思う。

本当に本当に面倒臭《めんどうくさ》い連中だった。

まったくもって居心地《いごこち》が悪い。

そう、居心地が悪いのに……

なぜかこのメンバーで集まることに抵抗《ていこう》がない。

めんどくさいと本気で思っていれば、参加しなければいいのに、なぜか足が向いている。

悪くない、そう感じている自分がいる。

それが自分でも不思議だった。


「ぐっ、ぐぐぐ、くそっ、くそっ、くそぉおっ!!」

メギドから少し離れた親衛隊の屯所《とんしょ》にて、トトメス三世は怒り狂《くる》っていた。

脳裏《のうり》に蘇《よみがえ》ってくるのは、先程《さきほど》の酒場でのことである。

完全に圧倒され、呑まれてしまった。

こいつには勝てない。

そう本能が悟《さと》ってしまった。

だが、時間が経《た》つにつれ、そんな自分の不甲斐《ふがい》なさが許せなくなってくる。

「俺《おれ》はファラオだ！　いずれこの世界を治める王の中の王なのだ！」

トトメス三世は、そう心の底から信じて疑ってこなかった。

自分にはそれだけの力がある、と。

それだけの器量がある、と。

その傲慢《ごうまん》なる自負を、完膚《かんぷ》なきまでにへし折られた。

だが、この年まで積み上げてきたプライドは、容易に失われない。

屈辱が数十倍の怒りとなって、心の中を埋《う》め尽《つ》くしていた。

「も、申し上げます、スオウユウトについて調べてまいりました」

「申せ！」

「はっ、はるか遠方西アヒヤワの王が、そういう名であったと、何人かの商人から裏を取ったので間違いないかと」

「西アヒヤワの王、だと？」

トトメスが眉をひそめる。

アヒヤワとは、二一世紀におけるギリシア周辺のことである。四方領域やケメトには、しばしば貿易商人が訪《おとず》れている。

さらにその西に国があったとは初耳である。

そんなはるか遠方の未開の地など正直興味もなかったのだが、あのスオウユウトが王だというのなら、話は別だった。

あれだけの覇気《はき》の持ち主だ。

おそらくこの四方領域を次の標的に定めているのだろう。

そして、この地にいるのはおそらく、トトメス三世と同様の理由だ。

すなわち侵略《しんりゃく》の為の、王自らの下見である。

「このまますみす見逃《みのが》すわけにはいかんな」

親指の爪《つめ》を噛みつつ、トトメスは唸《うな》る。

彼の英雄としての勘《かん》が告げていた。

あの男を倒《たお》すには、五倍、一〇倍の兵力差がいる、と。

だからこそ、今がまさに千載一遇《せんざいいちぐう》の好機と言えた。

身分を隠《かく》してのお忍《しの》び視察、大勢の部下を連れてきている気配はなかった。ここできっちり片付けねば、奴《やつ》は必ず最大の脅威《きょうい》となってこの四方領域を呑《こ》み込むだろう。

もはや一刻の猶予《ゆうよ》もなかった。

「西アヒヤワと言っていたな。ということはおそらく奴らの船が停泊《ていはく》しているのはキションン川あたりか。よし、追うぞ」

現在、トトメス三世の手勢は一〇〇〇人ほど。

他国ではあるが、現在、ケメトとメギドの間には、義母ハトシェプストが結んだ友好関係があるので、護衛として引き連れてきたのだ。

敵はおそらく多くても数十名。

ならば勝算は十分にある。

卑怯《ひきょう》だとか矜持《きょうじ》だとか、気になどしていられなかった。そんな余裕《よゆう》はない。

未来の世界の王として、あんな化け物を野放しにしておくわけにはいかなかった。

「はあ……ったく、天国《ヴァルハラ》から地獄《ヘル》へ突《つ》き落とされた気分だぜ」

メギドから旗艦《きかん》ノアへの帰路の最中、ノゾムは大きく嘆息《たんそく》をもらしていた。

目標を達成したと思い込んでいたら、盛大な勘違《かんちが》いでしかなかったという落胆《らくたん》は、やはり大きい。

しかも、まだ自分は、その山の麓《ふもと》にも到達《とうたつ》しておらず、雲に隠れてその頂《いただき》を見ることすらできない状態だったのである。

それは心折れそうにもなるし、途方にも暮れるというものだった。

「だ、大丈夫《だいじょうぶ》？　わ、わたしはノゾムは凄く頑張ってると思うよ。ほんとだよ！」

妻のエフィーリアがグッと拳《こぶし》を握《にぎ》り、力づけてくれる。

その優しさを嬉《うれ》しいと思うし、彼女の本心だともわかる。

だが、素直《すなお》に受け取れない自分がいるのも確かだった。

男として、父にもトトメスにも完敗した。

その事実が、どうしても心の棘《とげ》となって抜《ぬ》けないのだ。

「ああ、ありがとよ。だが足りねえ。まだ全然足りねえんだ」

グッと下唇《したくちびる》を噛みつつ、ノゾムは言う。

自分は自分なりにそこそこ頑張ってきたとは思う。

だが、それでは到底《とうてい》間に合わない。

「もっと……もっとがむしゃらにやらなくちゃ、あいつらの域には届かねえ」

「……別に届く必要なんてないんじゃないかな？」

「あるんだよ」

「なんで？」

「なんでもだ！」

ぶっきらぼうに叫《さけ》んで、ノゾムは強引《ごういん》に会話を打ち切る。

さすがに言えるわけがない。

これがうちの旦那《だんな》だってエフィーリアが誇れる男になりたい、だなんて。

エフィーリアに初恋《はつこい》の男より劣《おと》っていると思われたくない、なんて。

こんなこと、好きな相手に言うなど恥《は》ずかしすぎる。

胸に秘《ひ》めておけばいいだけのことだった。

悲しそうに目を伏《ふ》せるエフィーリアの姿に、少しだけ心が痛んだけれども。

「おいっ、ノゾム！　エフィ！」

不意に前を歩いていた勇斗が振り返り、厳しい声で呼びかけてくる。

怒《おこ》っている、というわけではなく、どこか緊迫《きんぱく》している感じだ。

「なんだよ、親父《おやじ》」

「どうも不穏《ふおん》な気配がこちらに近づいてきている。お前らは先にノアに行け」

「不穏な気配？」

言われてノゾムも周囲に気を配ってみるも、まるでピンとこない。

空は青く澄《す》み渡《わた》り、むしろ平穏《へいおん》そのものといった感じで心地《ここち》よくすらあった。

だが、周りを見れば、アルベルティーナにクリスティーナ、ヒルデガルド、ジークルーネなどは、険しい表情を浮《う》かべている。

おそらく勇斗の言葉に、嘘はないということだろう。

「このプレッシャーは、おそらくさっきのトトメスだな。数はざっと一〇〇〇ぐらいか」

「相変わらず大した精度ですね、お父様のソレ」

クリスティーナが呆《あき》れたように言う。

勇斗も肩をすくめる。

「確かにこういう時は有難いよな。リーファに感謝だよ」

「なら美月お姉様にですね」

「そういやそうだったなぁ。なんか未《いま》だにあいつがリーファの生まれ変わりとかピンと来ねえけど」

敵の軍勢が迫《せま》っている。

それに気づきながら、朗《ほが》らかに談笑している。

ノゾムの目からすれば、それがとにかく異様で、そして頼《たの》もしい。

「っ！」

ズキッとまた劣等感《れっとうかん》がノゾムの胸を軋《きし》ませる。

普段《ふだん》はぐ～たらしてるくせして、いざって時は凄まじく頼りになる。

そんなところがまた、ノゾムの嫉妬《しっと》を煽《あお》るのだ。

「まあ、つーわけだから、ノゾム、エフィ。お前らは危ないからさっさと船に戻ってろ」

「……親父たちは、どうすんだよ？」

「ん？　まあ、軽く揉《も》んでやるさ。俺たちに喧嘩売ったら碌《ろく》なことにならないってことは、叩《たた》きこんでやらねえとな」

ニッと勇斗が口《くち》の端《はし》を楽し気に吊《つ》り上げる。

何かしらの勝算がある、ということだろう。

こちらはたった一七人しかいないというのに、だ。

「……エフィ、悪い。俺はここに残らせてもらう」

「えっ⁉」

「ん？　なんのつもりだ、ノゾム？」

エフィーリアが驚き慌てた顔になり、勇斗が訝《いぶか》し気に問うてくる。

正直言って、戦は怖《こわ》い。死ぬのも怖い。

だが、それを押《お》してでも、どうしても叶《かな》えたいことがあった。

「俺も、戦う。親父の戦いぶりをこの目で見させてほしい」

そう、この機会だからこそ、どうしても見ておきたかった。

軍神とまで謳《うた》われた父、スオウユウトの力を。

自分が越《こ》えねばならない背中の大きさを。

間近で体感しなければわからないものが、きっとあると思うから。

「んー、見ててそんな楽しいもんでもねえと思うがなぁ」

ぼりぼりと勇斗が困ったように頭を掻《か》く。

あまり乗り気ではなさそうである。

「いいじゃないですか。男の子なら、父親の格好《かっこ》いい姿を見てみたいもんですよ」

「そりゃわからねえでもないけどよ。こんなのより、もっと別のところで見せてえなぁ」

クリスティーナの助け舟《ぶね》に、勇斗はハァッと溜息《ためいき》をつく。

ノゾムからすれば、それはもう子供の頃にいやってほど見たのでおなかいっぱいである。

執務室《しつむしつ》で、真剣《しんけん》な顔つきで机に向かう父の姿を。

自分より年上の貫禄《かんろく》ある男たちに、てきぱきと指示を出していく姿を。

だからこそ、王を辞《や》めてぐ～たらする父に失望した、というのがある。

だからこそ、見たいのだ。

思い知らされたくはないが、それでも見たいのだ。

「まあ、いいや。これもいい勉強だな。ちょっと戦の仕方ってやつを教えてやるよ」

自分が憧《あこが》れ、目指し続けた漢の本当の姿を！

「エフィを頼む」

「はいはい。言われなくても毛ほどの傷もつけずに送り届けてあげますわよ」

言って、クリスティーナは馬腹を蹴《け》って、北東へと駆《か》けていく。

それを見送り、ノゾムはグッと心を引き締める。

今から自分が行うのは、戦だ。

それも一五対一〇〇〇という絶望的な戦いである。

緊張するなというほうがおかしい。

だと言うのに、

「ったく、もう隠居《いんきょ》の身だってのに、平和主義者だってのに、なんでこう争いごとになってまうんだろうな」

「それは……上から目線のせいじゃないですか？」

「上から？　どこがだ、クリス？　ちょっとおいたはいかんぞって軽く叱《しか》ったぐらいじゃないか」

「それを上からって言うんですよ」

「んん？　そんなんでいちいち怒っていては、誰も叱ってはくれなくならないか？」

「それはお父様が誰も上に戴《いただ》いていないから言えるんですよ」

「いや、いるいる。俺、美月にはいつも頭上がらないぞ」

「側室を許してくれる寛大《かんだい》な上で良かったですね。でも、上というのはだいたい、押さえつけ自由を奪《うば》ってくるものですよ」

「ふぅむ」

――なんて、なんとものんびりとした会話を楽しんでいる。

まったく緊張感のかけらもない。

ここまでくると、逆に不安になってくる。

「親父、俺は何をしたらいい？」

ここにいる他の人間は皆《みな》、ユグドラシルで激戦を乗り越えてきた歴戦の勇士たちばかりであり、今さら何か注意するまでもないというのはわかる。

だが自分はまったくの初陣《ういじん》なのだ。

多少の指示は欲《ほ》しかった。

「お前か？　んー、お前にしてほしいことは別に……あー、いや、何もするな」

「なっ⁉」

思わずムカッときて、ノゾムは顔を強張《こわば》らせる。

勇斗から見れば、確かに自分はまだまだよわっちい存在ではあるのだろう。

だがこれでも、ジークルーネの下で武芸全般《ぜんぱん》はきっちり仕込《しこ》まれたし、彼女からも親衛騎団《ムスッペル》でも上位の腕《うで》だと太鼓判《たいこばん》をもらっている。

さすがにそこまで役立たずではないという自負があった。

「ああ、別にお前の腕を疑ってるとかそういうわけじゃない。単に、初陣ってのはそういうもんだってことだ」

「そういうもん？」

「ああ、死と隣《とな》り合わせの緊張感ってのはやっぱきついもんさ」

「それはもう、師匠《ししょう》に何度も味わわされてるよ」

ジークルーネとの訓練で、本気で死ぬと思ったことは一度や二度ではない。

今さら、その程度でビビりはしない。

そう憤慨《ふんがい》したが、勇斗は苦笑《くしょう》で答える。

「そいつは知ってるよ。だが、まあ、やっぱ実戦の空気ってのは模擬《もぎ》戦とは違《ちが》うし、何より……」

そこで勇斗はいったん言葉を切り、フッと自嘲《じちょう》の笑《え》みをこぼす。

「初めて人を殺すってのは、やっぱ心にくるものがある」

「…………」

その冷たい声色《こわいろ》に、ノゾムは思わずぞっとして、声を出すことも出来ない。

確かにまだ自分は、人を殺したことがない。

大丈夫だ、と強がりたくはあるが、絶対大丈夫だと言い切る自信もなかった。

「ふむ、下手に強がらなかったのは、良かったぞ。もしそうだったら船に帰していたところだ」

「試《ため》したのかよ」

「そりゃ試すさ。戦だからな。役立たずならまだいいが、足を引っ張るやつはいらん」

きっぱりと勇斗は言い切る。

普段の温和な優し気《げ》な感じは鳴りを潜《ひそ》め、ドライで冷たい雰囲気《ふんいき》が漂《ただよ》う。

「ルーネ、すまねえがこいつの監督《かんとく》を頼む。俺は指揮があるからな」

「はっ」

「ルーネの指示に絶対に従え。逆らえば、息子《むすこ》といえど容赦《ようしゃ》はしない」

「あ、ああ、わかってる」

ジロリと睨《ね》めつけられ、ノゾムは唾を呑み込むと同時にコクコクとうなずく。

その威厳《いげん》に、もはや反論する気力さえ起きない。

（これが……これが親父の軍神の顔、か！）

初めて見る父の顔に、場違《ばちが》いながらもノゾムは高揚《こうよう》を抑《おさ》えきれない。

ずっと……そうずっと、一度でいいから見てみたいと思っていたのだ。

誰もが畏怖《いふ》と崇敬《すうけい》を込めて語るこの姿を。

正直に言えば、怖い。ひたすら怖い。

間近に迫った戦よりも、今の父が、だ。

それはもう小便ちびりそうなほどに、がたがた身体の震《ふる》えそうなほどに。

だが一方で、どうしようもなく憧れてしまう。

その圧倒的《あっとうてき》な強さに、存在感に。

「ふむ、こっからならとりあえず敵を見渡《みわた》せるな」

キョロキョロと周囲を見渡し、勇斗がニッと口の端を吊り上げる。

メギドはもともと丘陵地《きゅうりょうち》に作られた都市である。

勇斗が目星を付けたのは、その中でもひときわ険しく切り立ち眼下を一望できる場所だった。

その視線の先に映るのは――

「よう。ぞろぞろと部下を引き連れて、随分《ずいぶん》と物々しいな？」

「むっ」

聞き覚えのある声に、トトメス三世はキッと頭上を見る。

そこには忘れたくても忘れられない男が、不敵な笑みとともに立っていた。

その後ろには女も含めた十数人が付き従う。

他に手勢がいる様子はない。

ニッとトトメスは口の端を吊り上げ叫ぶ。

「スオウユウト！　先の屈辱《くつじょく》、晴らしに来た！」

「一人じゃ敵《かな》わねえから数に物を言わせて、か？　そりゃ随分と格好悪いな？」

「なんとでも言え！　貴様は今ここで消しておかねばならん存在だ！」

「そこまで憎《にく》まれるような覚えはないんだがな？」

「白々しい！　この四方領域を手に入れるために来たのだろう⁉」

「いや、別に。単に商売の視察に来ただけなんだが」

「そんな戯言《たわごと》、誰が信じるか！」

「いや、本当なんだが……」

「やかましい。駆け引きしようとしても無駄《むだ》だ。問答無用！　者ども、かかれーっ！」

トトメス三世は抜刀《ばっとう》し、勇斗に剣《けん》の切っ先を向け叫ぶ。

「「「「おおおおおっ‼」」」」

鬨《とき》の声とともに、親衛隊が丘《おか》を駆けあがっていく。

ふふんと勝ち誇った顔で、トトメスは勇斗を見上げると、彼はなんとも苦々しげに溜息をついていた。

おそらく口八丁で切り抜けようとでもしたのだろう。

だが、そうは問屋が卸《おろ》さない。

ここで一気にその首を切り落とし、後顧《こうこ》の憂《うれ》いを断《た》つのみである。

ヒュンヒュンヒュンヒュンヒュン！

上空より、十数本の矢が飛来する。

だが、親衛隊はトトメスが手塩にかけて育て上げた精鋭《せいえい》である。

矢をきっちり見切り革《かわ》の盾《たて》で防ぐ。

「ぐあっ⁉」

「ぎゃっ⁉」

防いだはずだというのに、自軍から次々と苦悶《くもん》の声が上がる。

なんと矢が盾を貫通《かんつう》し、兵士たちの身体にまで届いていた。

「馬鹿な。あの距離《きょり》だぞ⁉」

兵たちと勇斗たちとの距離は、パッと見、おおよそ二ケト（約一〇〇メートル）以上はある。

本来なら矢が届くか届かないかという距離のはずだ。有り得ない弓勢である。

「大層な弓を持っているらしいな。ふん、矢を下手に受けるな、弾《はじ》け！　所詮《しょせん》多勢に無勢だ。どうとでもなる。怯《ひる》むな。進めーっ！」

即座《そくざ》に状況《じょうきょう》を判断、矢継《やつ》ぎ早《ばや》に指示を飛ばす。

この辺りの咄嗟《とっさ》の判断力は、さすが未来の征服《せいふく》王である。

まったく勢いを減じないトトメス勢に、勇斗も恐《おそ》れ慄《おのの》いたのか、慌《あわ》てたように馬車に飛び乗り、こちらに背を向け逃《に》げ出してしまう。

たわいないと言うべきか、それとも機を見るに敏《びん》というべきか。

どちらにしろ、逃がすつもりはない。

「ラダメス！　兵の半分を率いて左から回り込め！　挟《はさ》み撃《う》ちにするぞ！」

「はっ！」

指示を出して兵を分けつつ、トトメス率いる本隊は勇斗を追う。

度々《たびたび》矢を射かけられ、多少の被害《ひがい》は出るものの、そう大したものでもない。

やがて矢が尽きたのかそれもなくなり、敵影《てきえい》も見えなくなる。

「ふん、逃げられると思うなよ」

ペロリとトトメスは蛇《へび》のように舌なめずりする。

元々トトメスはメギド侵略を考えており、すでにこの辺りの地形は把握《はあく》済みである。

あの丘のあたりからキション川方向に向かうなら、左側から回り込めば、相手が馬車であろうとまず先回りできる。

奴らはもう袋《ふくろ》の鼠《ねずみ》も同然と言えた。

その、はずだった。

「ちっ⁉　もぬけの殻《から》だと⁉」

ようやく追いついたかと思えば、荷台だけで、馬もいなければ人もいない。

どうやらこのままでは追い付かれると馬車を捨てていったらしい。

それだけ追い詰《つ》められているということだろうが、従者全員が馬に乗れるというのは驚きである。

乗馬というものは、かなりの高等技術のはずだからだ。

「ますます侮《あなど》れんな、やはりここで殺しておくしかないな」

決意も新たに軍を進めるも、

「なっ⁉」

やがて目の前に現れたのは勇斗たちではなく、先程、ラダメスに預けた別動隊である。

彼《かれ》らもまた勇斗たちの姿を見ていないようだった。

「ちぃっ、しまった⁉」

今さらながら、敵が馬車であったことに捉われていたことに気づく。

馬車が通れるのはこのルートだけだが、騎馬《きば》であるならば通れる道は他にもいくつかあった。おそらくそれを使って挟み撃ちを避《さ》けたのだ。

ヒュンヒュンヒュン！

もはや耳慣れた風切り音とともに、矢が飛来してくる。

しかも四方八方からだ。

いつの間にやら、トトメスの軍勢は囲まれていた。

とは言え、敵は数えられる程度、たった一五騎である。

包囲されたとはいえ、物の数ではない。

ないのだが――

「ええい、うっとうしい！」

トトメスは忌々《いまいま》しげに吐《は》き捨てる。

こちらの弓は届かないのに、敵勢の弓は届くどころか殺傷力抜群《ばつぐん》なのだ。

そういう距離を、きっちり見切って撃ってくる。

「ええい、このままでは埒《らち》が明かん。とっとと距離を詰めるぞ」

苛立《いらだ》ち、さらに軍を前進させるも、等速で相手も引いていく。

弓の雨だけは降らせながら。

よくよく考えてみれば、歩兵が騎兵《きへい》の速度に敵うはずがない。

こちらの被害だけがじわじわとじわじわと増えていく。

「完全に敵の手のひらの上か⁉　守りに徹《てっ》しよ！　いずれ敵の矢も尽きよう。反撃《はんげき》はそれからだ！」

そう、敵はたかだか一五騎しかいないのだ。

一人五〇本としても、矢は七五〇本。こちらの兵数より少ないのだ。

しかも、その全てが当たるわけでもない。五本に一本といったところだ。

しかも、当たっても致命傷《ちめいしょう》になるとも限らない。

いずれ敵の攻撃《こうげき》の手は止《や》むのだ。

「むっ⁉　ははは、矢も尽きたのか、突撃《とつげき》を仕掛《しか》けてきたぞ。ふん、散々翻弄《ほんろう》し、こちらが浮足立《うきあしだ》ったとでも思ったか⁉　残念だったな！　耐《た》えきった余の勝ちだ！」

勝利の確信とともに、トトメスは哄笑《こうしょう》を張り上げる。

確かに、こちらの攻撃は届かず自分たちだけが攻撃される、そんな状況に追い込まれれば、普通《ふつう》の兵ならば混乱し、右も左もわからなくなっていただろう。

だが、トトメスの親衛隊は違う。

全員が鍛《きた》え上げられた職業軍人である。高い俸給《ほうきゅう》も与《あた》えている。

一人一人とよく話をし、彼らの信も獲得《かくとく》している。

トトメスが命令すれば、自死することも辞さない。そんな固い忠誠心も兼《か》ね備《そな》えた最強の結束力を誇《ほこ》る部隊なのだ。

この程度の苦境では、なんらびくともしないのである。

「迎《むか》え撃て！」

どぉぉぉぉぉぉんっ！

だがそのトトメスの号令は、突如《とつじょ》、自陣《じじん》で巻き起こった轟音《ごうおん》に掻き消される。

いったい何が起きたのか、トトメスにもわからなかった。

敵が何か玉を投げたのだ。

兵たちはそれをかわし——

次の瞬間《しゅんかん》、雷鳴《らいめい》のようなものが轟《とどろ》き、周囲の兵士たちが吹《ふ》き飛んでいた。

その服や皮膚《ひふ》が、ところどころ焼け焦《こ》げている。

どおおおん！　どおおおん！

さらに二発、同様の現象が起きる。

そこに敵兵が騎馬で雪崩《なだ》れ込んでくるのだ。

しかも皆、一騎当千《いっきとうせん》の強者ばかりである。

これにはさしもの精鋭たる親衛隊も、恐慌《きょうこう》状態に陥《おちい》ってしまう。

「くっ、皆、狼狽《うろた》えるな！　敵は少数だ！　落ち着けば絶対に勝てる！」

「ははっ、そんな暇《いとま》を与えるほど、ホムラたちは甘《あま》くないぞ」

「なっ!?　がはっ！」

突如、背後に女の声が響《ひび》いたかと思った瞬間、首筋に激痛が疾る。

長く揺《ゆ》らめく黒髪《くろかみ》と、恐ろしいほどの美貌《びぼう》の女の顔が一瞬《いっしゅん》視界をよぎり、そこでトトメスの意識は途絶《とだ》えた。


「トトメス三世、生け捕《ど》ったりー！」

ホムラの声が響いてきて、ノゾムはほっと安堵《あんど》の吐息《といき》とともに肩《かた》の力を抜き——

ガンッ！　と頭を軽く小突《こづ》かれる。

「阿呆《あほう》。勝ったからとて気を抜くな。残心が大事だと教えただろう？」

師匠であるジークルーネが呆れたような声をあげる。

確かに大将を生け捕ったとしても、まだ敵兵たちは武器を構えており、戦闘《せんとう》は継続《けいぞく》している。

気を抜くのは、あまりに早すぎだった。

『よし。敵兵に告ぐ。全員武器を捨て、両手を頭の後ろに組んで膝《ひざ》を突け！　命令に従うならファラオの命は保証する！』

メガホン越《ご》しの勇斗の声が、戦場にこだまする。

それを合図に、敵兵たちも他にもう道はないと悟ったのだろう。途端《とたん》、武器を捨て、言われた通り降伏《こうふく》を示していく。

「みんな怪我《けが》はないか？」

ジークルーネが声を張り上げる。

ところどころから「ないです」「ありません」という声があがる。

どうやらこちらに怪我人《けがにん》はいないらしい。

それが逆に、信じられなかった。

一〇〇〇対一五という絶望的な戦いをして、軽傷者すらなし？

夢としても馬鹿馬鹿しすぎて、現実感がない。

「おう、ノゾム。無事だったみたいだな。怪我もないようでなによりなにより」

そこに勇斗が現れ、なんともあっけらかんとした声で言う。

歴史に名を刻むほどの大勝利を挙げながら、それを半ば当然のこととしか受け止めていない。

気負いもなければ、興奮もない。

それが逆に、恐ろしかった。

「すげえな、親父。これぐらい造作もねえってことか」

「そんな大したことでもない。歴史を見れば、騎馬を使って二〇〇〇対一七で無傷の完勝をした戦もある。こっちには未来の武器もある。エインヘリアルも大勢いる。俺自身、そういう異能を使っている」

ひらひらと事もなげに勇斗は言うが、どう考えても大したことある。

（マジで軍神そのものじゃねえか、こんなん……）

その無敵ぶりを、幾人《いくにん》もから伝え聞いてはいた。

だがそれらはどこかおとぎ話じみていて、多少の真実は含《ふく》んでいても国を維持《いじ》するために英雄《えいゆう》が必要で、誇張《こちょう》したものだとばかり思っていた。

まさかその神話通りとか、いや神話以上にふざけた手腕《しゅわん》を見せつけてくるとは！

「そういうさ、チートなことばかりしてるんだから、勝って当たり前なんだよ」

勇斗はそう謙遜《けんそん》して見せたものだが、明らかにそれだけではない。

なんというか、機と距離の見極《みきわ》めが完璧《かんぺき》だった。

馬車を調整し、常に自分たちだけが攻撃できる、そして敵は追いつけそうに錯覚《さっかく》させていた。

そして機を見計らって馬車を捨て、騎馬となって敵の虚《きょ》を衝《つ》き、包囲。

その後もきっちりと距離を維持して敵に矢を射かけ続け、最後にてつはうによって混乱させ突撃、ホムラに捕縛《ほばく》させる。

言葉にすればそれだけだし、話に聞いていたパルティアンショットや釣《つ》り野伏《のぶせ》の複合技であるのはわかるのだが、それをきっちり実践《じっせん》し、生きた相手を自らの描《えが》いた絵図にハメこんでいく手腕がズバ抜けている。

まるで空から自軍と敵軍の位置を見ながら動いているようにすら見えた。

ノゾム程度の経験ではまだまだ言葉に表すこともできない細部の妙《みょう》があり、間近で見ていたからこそ、その指揮の魔法《まほう》のような鮮《あざ》やかさにただただ圧倒《あっとう》されたのだ。

「まあだから、あえて俺からお前に教えてやれることがあるとすれば、戦に卑怯もへったくれもねえってこった。勝つためならなんでもやれ。やらなくちゃ、だめだ」

冷たく、厳しく、実感のこもった言葉である。

ノゾムもゴクリと思わず唾《つば》を呑《の》み込む。

そう言えばうんちく妹のウィズが、名将の言葉として『武者は犬ともいへ、畜生《ちくしょう》ともいへ、勝つ事が本にて候《そうろう》』とか言っていたような気がする。

勇斗の伝えたいことも、そういうことなのだろう。

「ふふっ、口ではそう言うこと言いながら、なんだかんだ甘いのがお兄様ですけどね」

ひょこっと勇斗の背後からフェリシアがクスクスと笑みをこぼしながら口を挟んでくる。

勇斗は少しだけ不服そうに眉《まゆ》をひそめ、

「おい、今ノゾムに大切なことを教えているんだから茶化《ちゃか》すなよ」

「はーい、ごめんなさーい」

ぺろっと舌を出して引っ込む。

勇斗が大好きで勇斗贔屓《びいき》なフェリシアのことだ、ノゾムが誤解しないように、というフォローなのだろう。

「まあ、長々言ってもぼやけるし、最後に一言だけ。お前や、お前の兄弟姉妹《しまい》、仲間たち、その生死がかかった状態で、綺麗事《きれいごと》や建前、面子にこだわって判断を誤るなよ？」

じっとノゾムの目を見据《みす》えて、勇斗は言う。

フェリシアの兄や、ジークルーネの師匠、名目上の自分の母であるシグルドリーファ。

ユグドラシルでの戦いでは、他にも何人も大切な人を失ったと聞いている。

その言葉は、ただただ重かった。

「……ああ」

気圧《けお》されつつも、ノゾムは頷《うなず》く。

自分は、長男だ。弟妹達《ていまいたち》を守る責任がある。

勇斗の一言一句を噛《か》み締《し》めるように、ノゾムは自らの胸に深く刻む。

「まあ、頭の片隅《かたすみ》にでも置いておいてくれ。ところでお前、大丈夫なのか？」

「ん？　なにが？」

言っている意味がわからず、ノゾムは問い返す。

怪我をしてないことは、さっき確認《かくにん》済みのはずだ。

「敵を殺したろ？　その手で」

「っ！」

瞬間、槍《やり》ごしに肉を貫《つらぬ》いた感触《かんしょく》が、まざまざと手に蘇《よみがえ》ってくる。その時の敵の苦悶の表情が脳裏《のうり》にまざまざと映し出され――

「おえええええっ！」

気が付くと、胃の中にあるものを吐き出していた。

戦闘中は集中してそれどころではなかったし、その後も興奮状態が続いていて、頭の中からすっぽり抜け落ちていた。

しかし思い出した瞬間、一気に嫌悪《けんお》感が襲《おそ》ってきた格好だ。

覚悟《かくご》はしていたつもりだった。

それでもやはり、実際にこの手で人を殺すのは、想像をはるかに超えて心にくるものがあった。

ただただ気持ち悪い。人を殺す、その行為《こうい》に付随《ふずい》するすべてが。

「ぐっ、な、なさけねえ、これぐらいで、おえええええええ」

「安心しろ。人を殺したんだ。そうなるのがむしろ自然でまっとうだ」

ノゾムの背中を叩きつつ、勇斗が優《やさ》しく言う。

その声に滲《にじ》む押し殺した罪悪感に、ノゾムはハッとなる。

軍神とまで言われた父だ。

間接的とはいえ、彼はいったいどれだけの人を殺してきたのか。

この呑気《のんき》な表情の裏に、どれだけの罪を背負い、それと闘っているのか。

その計り知れない苦しみに、いまさらながらにゾッと恐怖《きょうふ》を覚える。

「まあ、出来るなら人なんて殺さなくても平和に暮らせるならそれが一番なんだが、こんな時代だ。いざって時のために、ここで味わっておくのも必要だろうよ」

いつもどこか飄々《ひょうひょう》としている父だが、今のそれはなんとも苦渋《くじゅう》に満ちた嘆息《たんそく》だった。

頭ではその必要性を理解しながらも、感情は納得《なっとく》していない。

そういう感じだった。

「ルーネも護衛ありがとな。おかげで息子も五体満足で生き残れた」

「わたしもホッとしております。初陣で死ぬことが多いですからね」

「ああ」

頷く勇斗の声にも、安堵の色がある。

軍神といえど人の子だ。

我《わ》が子が戦場に行くことをやはり、心苦しく思いかなり心配していたらしい。

「獅子《しし》は我が子を千尋《せんじん》の谷に落とすっていうけど、まったく父親ってのも楽じゃねえな」

「これだけきちんとお膳立《ぜんだ》てをしておいて、千尋の谷もないでしょう」

ぼやくような勇斗の言葉に、ジークルーネがスパッと言い切る。

「気分的にはそうなんだよ」

「ふふっ、やっぱりなんだかんだお兄様はお甘いですよね」

そこにフェリシアがまた微笑《ほほえ》みながら言う。

本人たちにはそのつもりはないのだろうが、ノゾムにとっては死体蹴《げ》りもいいところだった。

つくづく思い知る。

自分はどこまでも坊《ぼっ》ちゃん育ちの甘ちゃんだったのだ、と。

父の背中はどこまでも大きく、はるか遠い。

どれだけ頑張《がんば》っても、追いつける気がしない。

それでも……。

それでも、だ。

こんな格好悪いままでは、絶対に終われない。

この悔《くや》しさを糧《かて》に、もっともっと成長して父が認めるぐらいの男にはなってみせる。

そう固く、ノゾムは心に誓《ちか》った。

「さて、どうしたものかな？」

頬杖《ほおづえ》を突《つ》きつつ、勇斗は困ったように嘆息する。

目の前には、両手を後ろ手に縛《しば》られたトトメス三世が、地べたに座《すわ》らされていた。

「好きにしろ」

トトメスが、半ばやけっぱちな様子で言う。

これだけの戦力差がありながら、完膚《かんぷ》なきまでにボロ負けしたのだ。

そうなる気持ちはわからないでもない。

勇斗としても本来であれば、自分を襲った相手を許してやるほど甘い人間ではない。

ただそれが歴史に名を遺《のこ》す人物、それも「エジプトのナポレオン」とまで呼ばれる人物となると話は別だった。

殺せば歴史が大きく変わる可能性がある。

その危険を冒《おか》すのは、避けたいところである。

「じゃ、ケメトと通商条約と不戦条約を結びたい」

「な……に……？　不戦、だと？」

トトメスがなんとも訝し気に問うてくる。

わけがわからない、とその顔に書いてあった。

「何を企《たくら》んでいる⁉」

「そんなにおかしいか？　俺《おれ》は平和に暮らしたいだけなんだが」

「知っているぞ、貴様、西アヒヤワの王だろう⁉　この地を征服するために来たんじゃないのか⁉」

「ああ、それならもう退位したぞ」

「……は？」

「王位を譲《ゆず》って、晴れて今の俺は自由気ままの隠居暮らしだ」

「し、信じられるか⁉　ど、どうせ裏でその王を傀儡《かいらい》にしているのだろう⁉」

「そんなめんどくさいことするかよ。王様業なんてもう懲《こ》り懲《ご》りだ」

心底から嫌《いや》そうに顔をしかめて、勇斗はひらひらと手を振《ふ》る。

その嫌悪が伝わったのだろう、トトメスが半ば呆然《ぼうぜん》と勇斗の顔を見つめる。

穴が開くほどに見つめ続け、

「本当、なのか？」

「ああ、俺の望みは、家族と一緒《いっしょ》にのんびり仲良く楽しく暮らしたい。それだけだよ」

「……これだけの力を持ちながら、欲のない男だな」

「よく言われる」

ニッと勇斗は口《くち》の端《はし》を吊《つ》り上げる。

欲がない。トトメスだけではなく多くの人間からよくそう言われるのだが、欲しいものは、家族と仲間の平穏《へいおん》。それ以上でも以下でもない。

これが嘘偽《うそいつわ》らざる本心なのだ。

「まあだから、ほっといてくれねえかな、俺のことは」

「なんとも無茶《むちゃ》なことを言う。貴様のような存在を放ってなどおけるわけがないだろう。……が、力の差は思い知った。それしかなさそうだ」

「理解が早くて助かる。後できれば、俺たちのことは石碑《せきひ》とかに刻まないでほしい」

「余とて自分の恥《はじ》を後世に残そうとは思わん」

トトメスは、ふんっとつまらなさげに鼻を鳴らす。

こうしてイアールンヴィズ商会とケメトの間に、通商条約と不戦条約が結ばれることとなる。

後年――

この時の手痛い敗戦がいい教訓になったのか。

トトメス三世は迅速《じんそく》ながらも慎重《しんちょう》な用兵でオリエント世界を席巻《せっけん》し、エジプトの最大版図を築く。

また、勇斗のことをトトメスは石碑に刻むことはなかったが、この戦いを生き残った兵士たちは、酒の肴《さかな》にまことしやかにこの時のことを話した。

あの戦いは、ただただ絶望しかなくまるで神話の怪物《かいぶつ》たちと戦っているようだった、と。

なお決戦の舞台《ぶたい》となったメギドの丘のことを、現地の言葉ではハルメギドと呼ぶ。

聖書における最終戦争ハルマゲドンの語源である。

ACT 3

ヨルゲンと言えば、かつては《狼《おおかみ》》の宗主《パトリアーク》にして、《鋼《はがね》》の若頭補佐《ほさ》を務めあげた傑物《けつぶつ》である。

武功の面ではあまり目立った戦功をあげたとは言い難《がた》いが、それでも度々《たびたび》勇斗《ゆうと》からは留守居役を任じられているあたりから、その信任の厚さがうかがえる。

特に行政手腕に優《すぐ》れ、《狼《おおかみ》》時代から新天地に至るまで、勇斗を裏から支え盛り立て続けてきた、まさに縁《えん》の下の力持ちともいうべき漢であった。

だが、そんな彼も齢《よわい》六〇を迎えたのを機に隠居《いんきょ》し、今はもう庭を駆《か》け回る孫やひ孫たちをのんびり眺《なが》める毎日を過ごしていた。

そんなある日のことである。

「久しぶりですなぁ、兄貴」

そんな声とともに、彼の下に旧知の人物が訪《おとず》れたのだ。

「……あんたからそう呼ばれるのは、いつまでも経ってもなれないな、兄弟」

ヨルゲンはフッと肩をすくめてみせる。

「ふっ、わしとて貴方《あなた》から兄弟呼びされるのはむずがゆいですわ」

言って、まだら髪《がみ》の初老の男がニッと笑う。

背も小さく顔にもしわが増え、すっかり見た目は老いさらばえているが、その細い目の奥《おく》には油断のならない知性の光が未《いま》だ強く輝《かがや》いていた。

ボドヴィッド――

《鋼《はがね》》傘下《さんか》の氏族《爪《つめ》》の宗主であり、現《鋼《はがね》》の舎弟頭《しゃていがしら》を務める漢である。

「で、今日は何の用だ？　タルシシュで何かあった……ってわけでもないよな。いまさら私の出る幕じゃないし、あんたと私はそういうことを持ちかける間柄《あいだがら》でもない」

《狼《おおかみ》》と《爪《つめ》》は、今でこそ同じ《鋼《はがね》》傘下の兄弟氏族となってはいるが、かつては血で血を洗う間柄だったのだ。

《鋼《はがね》》内でも、味方としてともに《鋼《はがね》》に尽《つ》くしてきはしたが、一方で政敵としてしのぎを削《けず》ってきた相手でもある。

そんな彼が、隠居した自分に今さら会いに来る理由、それがどうにもわからなかった。

「確かにそういう間柄ではないですな。が、昔話をする相手が欲しくなりましてな」

「昔話？」

怪訝《けげん》そうに、ヨルゲンは鸚鵡《おうむ》返しする。

ボドヴィッドは苦い笑いを浮《う》かべ、

「ええ、この年になりますと、昔話をする相手もいなくなりましてな」

「……そうじゃな」

ヨルゲンも嘆息とともに頷く。

五〇歳《さい》まで生きられれば十分長生き、そんな時代だ。すでに同年代の友だった者はほとんど残っていない。

ラスムスも昨年、ぽっくりと逝《い》ってしまった。

孫たちやリネーアの子の成長を見届けられたからだろう、その死に顔は実に安らかなものだったという。

「あの頃《ころ》の話をできるのは、私ぐらいというわけか」

「ええ、貴方にしたところでそうでしょう?」

「まあ、のぅ」

ははっとヨルゲンは力なく笑う。

もうあの頃の《狼《おおかみ》》を知る者はいないのだ。

「年のせいか、最近、昔のことばかり思い出すのですよ。まだ親父《おやじ》殿《どの》が降臨していなかった、若かりし頃のことを」

「……そうか。私もじゃよ。当時はただただきつかった、大変じゃったという思い出しかないのにのぅ」

「奇遇《きぐう》ですね、わしもです。ですが、なぜか無性《むしょう》に懐《なつ》かしく思えるのもあの頃なのですよ」

「……そうじゃな」

勇斗が来てからの激動の日々も年甲斐《としがい》もなく胸躍《おど》るものであったが、獅子《しし》奮迅《ふんじん》の活躍《かつやく》を魅《み》せたのは若者たちだった。

自分はそんな彼らを裏から支える役目だった。

そのことに不満はない。

卑下《ひげ》もしていない。

自らの役目をしっかり果たせたという自負もある。

それでも、どこか英雄譚《えいゆうたん》を観客席から見ていた感覚があるのも確かだった。

これは自分の物語ではない、と。

あくまでスオウユウトというユグドラシルを救った一代の英傑《えいけつ》の物語なのだ、と。

それでも、ヨルゲンにも若かりし頃はあったのだ。

ファールバウティがいて、ブルーノがいて、オロフがいて、スカーヴィズがいた。

自分こそが《狼》《おおかみ》を救う英雄だと信じていた、信じることができていた、そんな頃が。

ヨルゲンは《狼》《おおかみ》の族都イアールンヴィズの北方、ヒミンビョルグ山脈の麓《ふもと》で、狩《か》りを主に営む小さな集落に生まれた。

幼い頃は、野山を駆け回り、小さな弓を手に兎《うさぎ》や鹿を追い掛《か》け回した。

同世代の子供たちと、暇を見つけては木剣《ぼっけん》を打ち合わせていた。

後から思えば、この経験が奇貨《きか》だったのだろうとヨルゲンは思う。

ヨルゲンがルーンを持たないながらも、エインヘリアルと同等以上の戦闘力《せんとうりょく》を有するに至ったのは、まさにその頃の、遊びと称《しょう》した鍛錬《たんれん》の賜物《たまもの》だったに違《ちが》いないからだ。

そして、転機はヨルゲンが一四歳の頃に訪れた。

「《角》《つの》が挙兵し、こちらに向かっているという報が入った。戦の準備をせよ」

イアールンヴィズから招集がかかったのだ。

別に珍《めずら》しいことでもなかった。

弓こそが、戦場では剣や槍にも勝る最強の武器である。

そして、狩りで生計を立てているヨルゲンの村には、当然のことながら、弓の扱《あつか》いに長《た》けた者が多かった。

宗主からは多額の報酬《ほうしゅう》がもらえるし、そして戦場では武器や防具を剥《は》ぎ取って売れば、二重の儲《もう》けである。

村の者たちにとってみれば、戦は荒稼《あらかせ》ぎする好機だったのだ。

「親父《おやじ》！　俺も戦に行く」

ヨルゲン少年は、村長でもある父親に居ても立っても居られず宣言していた。

父親も満足気に頷き、

「うむ、よく言った、さすがわしの息子《むすこ》よ。だが、そう言ったからには、村長たるわしの顔に泥《どろ》を塗《ぬ》るような戦いぶりはするでないぞ」

「わかっている」

「まあ、おぬしならば心配ないか」

ニッと父親は口の端を吊り上げる。

ヨルゲンはこの時すでに、同年代の者たちより頭一つはでかく、体格もがっしりとしていた。

弓の腕前《うでまえ》も大人たち顔負けで村でも三指に入り、このまま成長すれば、あと数年で村長を越《こ》え、村一番の使い手になると太鼓《たいこ》判《ばん》を押《お》されるほどだったのだ。

そしてこの初陣《ういじん》で、ヨルゲンは期待通りの活躍をしてのける。

「あいつが指揮官か」

樹上から迫《せま》る《角《つの》》軍を見下ろし、目星をつける。

一人だけ戦車に乗っているから、判別は容易だった。

初陣では戦場の空気に呑《の》まれ、平常心をなくし地に足がつかぬ者がほとんどなのだが、ヨルゲンは違った。

普通の者ならば功に焦《あせ》って引き付けることなく矢を放ち、敵に居場所を察知され、警戒《けいかい》されていただろう。

だが彼は射程距離《きょり》に入ってからもじっくりじっくり機を待ち続け、

「ここだっ！」

そうして放った乾坤一擲《けんこんいってき》の一射は、多少の運もあったのだろうが、敵指揮官のこめかみを見事に射抜《いぬ》いていた。

「よしっ！」

命中する瞬間を己《おの》が眼で捉《とら》え、ヨルゲンは拳《こぶし》を握《にぎ》り締める。

指揮官を失った《角《つの》》軍は、その統制を失い、またたく間に瓦解《がかい》していき、《狼《おおかみ》》陣《じん》より勝鬨《かちどき》が上がる。

まさに勝利を決めた一射であった。

この初陣での華々《はなばな》しい活躍をもって、ナジル村のヨルゲンの名は《狼《おおかみ》》内に瞬《またた》く間《ま》に轟き渡《わた》ることとなる。


イアールンヴィズの中心、そこに一際《ひときわ》大きな宮殿《きゅうでん》がそびえ立つ。

しばしば父に連れ立って遠目に見たことは幾度《いくど》となくあったが、中に入るのはもちろん初めてである。

その一室に案内されると、そこには年《とし》の頃《ころ》は四〇前後といったところか、白茶まだら髪の男が玉座に頬杖を突き、ヨルゲンを見据えていた。

その眼光には、腹の底まで見透《みす》かされているような感覚があった。

「ほう、おぬしがヨルゲンか。なかなかいい面構《つらがま》えをしておるの」

顎髭《あごひげ》を撫《な》でつつ、まだら髪の男が言う。

低い威厳《いげん》のある声で、背中にずしんと重さのようなものを感じる。

「はい、恐縮《きょうしゅく》っス」

ペコリと頭を下げつつ、ヨルゲンは返す。

（これが我が《狼《おおかみ》》の宗主ファールバウティ様か）

改めて玉座に座る男を見上げ、ヨルゲンはゴクリと唾を呑み込《こ》む。

さすがはビフレストにその名を轟かす名門《狼《おおかみ》》の宗主である。

細身だというのに、佇《たたず》まいからはずっしりとした風格のようなものがあった。おそらく戦士といてもかなりの腕《うで》があるのは間違《まちが》いあるまい。

一方でこうも思う。

いずれ追いつき、追い越《こ》してやるぞ、と。

この頃のヨルゲンはまだ若く血気《けっき》盛《さか》んで、相応の野心を胸に秘《ひ》めていたのだ。

「ふふっ、《角《つの》》軍の指揮官を討《う》ち取ったそうじゃな。初陣だと言うのに見事なものよ。さすがはあのジゲンの子じゃな」

「へへっ、まあ、これぐらい造作もねえっスよ」

「ほう、それは頼《たの》もしいのぅ」

「でしょ？　だから俺っちを子分にしません？　損はさせませんぜ」

親指で自分を指差し、堂々と言い放つ。

若さ故《ゆえ》と言ってしまえばそれまでだが、不遜《ふそん》と言えば実に不遜な物言いである。

いくら手《て》柄《がら》を挙げたからとは言え、投獄《とうごく》されても文句が言えないレベルだ。

事実、

「っ！　調子に乗りおって！　宗主に対する礼儀《れいぎ》も知らんのか！」

玉座の傍《かたわ》らに立つ中年男に、怒声《どせい》を浴びせかけられる。

髭面《ひげづら》の、眉間《みけん》に深いしわのある、いかにも神経質そうな男だった。

「親父殿は《狼《おおかみ》》の宗主だぞ。口の利《き》き方《かた》をわきまえろ！　本来ならお前ごときは口も利けないお方なのだぞ⁉」

（うっせえな、呼んだのはあんたらのほうだろうが。そもそもあんたと話してねえんだよ、ひっこんでろおっさん）

頭ごなしに叱《しか》られ、ヨルゲンは心の中で吐き捨てる。

さすがに口にはしないだけの分別はわきまえていたが、顔にはありありと不満の色が出ていた。

この辺りはやはり若さである。

「その辺にしておけ、ブルーノ」

鷹揚《おうよう》に笑ってひらひらと手を振って、ファールバウティは場を収める。

ヨルゲンの無礼な態度にも特に気を悪くした風もない。

海千山千の猛者《もさ》どもを取りまとめるだけはある。

なかなかの懐《ふところ》の広さだと思った。

(それに引き換《か》えこのおっさんは……なるほど、噂《うわさ》通り、ケツの穴の小せえ野郎《やろう》だぜ)

へっと心の中で鼻で笑う。

ブルーノの名は、ヨルゲンも聞き及《およ》んでいた。

あまりいい噂は聞かない人物である。

狭量《きょうりょう》で口うるさい堅物《かたぶつ》だ、と。

とても《狼《おおかみ》》の若頭《かしら》を務められる器ではない、と。

ヨルゲンもまったく同感だった。

「しかし、こんな小僧《こぞう》ごときに舐《な》めた口を許しては、宗主の威厳が……」

「そう頭ごなしに言っては、聞けるものも聞けんくなるわ。若いもんはこれぐらい威勢《いせい》がいいほうがよい。それに、その程度でなくなる威厳ならば、儂《わし》もその程度の男ということよ。なぁ？」

ファールバウティはカカッと笑い、意味深な目をヨルゲンに送る。

(よくわかっている。やはり大物だ、宗主になる人物は違う)

とヨルゲンは感服したものだ。もっともそう思ってしまう時点で、ヨルゲンはファールバウティとブルーノの策にハメられていたのだが。

あえて強面役《こわもて》と懐柔役《かいじゅう》を演じることで、懐柔役に好感を抱《いだ》かせる古来よりよく使われている手だったのだが、そんなことはまだ若いヨルゲン少年は気づかない。

「そもそも叱るために呼んだわけでもない。先の戦の勝利の立役者を功労するためよ。よくやってくれたな、ヨルゲン！　《狼》《おおかみ》の氏族を代表して礼を言うぞ」

「はっ、有難《ありがと》うございます！」

「文句なしの大手柄じゃ、褒美《ほうび》をくれてやらねばな。何がよい？　出来うる限り叶《かな》えてやろう。遠慮《えんりょ》せず申すがよい」

「はっ、ではお言葉に甘えて。俺はまだ盃《はい》の親を持ちません。ぜひファールバウティ様の盃を俺にくださいっ！」

ファールバウティの目を見据え、臆《おく》することなくヨルゲンは嘆願《たんがん》する。

直《じか》に会って確信した。

この人こそ、自分の命を賭《か》けられるひとだ、と。

「っ！　ええいっ！　さすがに僭越《せんえつ》が過ぎるぞ、小僧！」

横槍《よこやり》を入れるように、再びブルーノが怒声を発する。

顔を真っ赤にし、本気で怒《おこ》っているようだった。

「確かに今回のことは大手柄ではあったが、一四の小僧が受けられるほど、名門《狼》《おおかみ》の宗主の盃は安くはない！　身《み》の程《ほど》を知れいっ！」

「まあまあ、そういきり立つな、ブルーノ。遠慮するなと言ったのは儂じゃ」

ファールバウティが手で制し、取りなすも、

「いや、親父殿。いくら貴方がそう言ったからとて、限度というものがありますぞ。下手に優しくするのは、相手を付けあがらせ、《狼《おおかみ》》宗主の盃を軽くしてしまいます。この者自身の為《ため》にもなりません」

「ふむ、まあ、それも一理あるか。実際、少々腕白《わんぱく》すぎるきらいもあるようじゃし、では……そうじゃな。ブルーノ、お前が盃を下ろしてやれ。そして行儀《ぎょうぎ》作法を一から仕込《しこ》んでやるといい」

「へっ？」

ファールバウティの提案に、ヨルゲンの口から思わず間抜《まぬ》けな声が漏《も》れた。

当然、と言うべきか、ブルーノからジロリと睨《にら》み据《す》えられる。

「なんじゃ、不満か？」

ファールバウティが、こちらを見透かすように問う。

ないわけがない。

確かにそう易々《やすやす》と宗主の直盃《じかさかずき》を得られるとは思っていなかったが、正直、今のこの短い

やりとりだけをみても、ブルーノはなかった。

「ふっ、顔色にはっきり出ておるわ。若いのぅ」

「っ！」

ファールバウティのからかうような声に、ヨルゲンは顔を硬直《こうちょく》させる。

その動揺《どうよう》を見抜《みぬ》いたように、ファールバウティは笑《え》みをこぼし、

「まあ、そう不貞腐《ふてくさ》れるな。こいつは儂の片腕《かたうで》で、《狼《おおかみ》》の若頭《かしら》じゃぞ。まだ一四の小僧のおぬしには破格の盃であることは間違いない」

「は、はあ、まあ、そう、ですよね」

宗主にここまで言われては、頷くしかなかった。

実際、ファールバウティの言う通りではあった。

本来ならば、もっと末端《まったん》の組で下積みをやらされるのが普通《ふつう》なのだ。

若頭《かしら》は跡目《あとめ》と宗主に指名された存在であり、その盃を得られるというのは、次期政権でも有利に働くはずだ。

決して悪縁《あくえん》ではなく良縁《りょうえん》の盃なのである。

「ブルーノは若衆《わかしゅ》に行儀を仕込むのに長けておる。そこでちゃんと行儀を学び、力を付け頭角を現してくれれば、その時こそ儂の直盃をくれてやろう。だから今は精進《しょうじん》せい」

「……はっ」

正直全然納得はいかなかったが、宗主直々《じきじき》にここまで言われては、さすがの腕白坊主《わんぱくぼうず》ヨルゲンもいやとは言えなかった。

（正直、いけすかねえおっさんだが、まあ、仕方ねえか）

こうして半強制的に、ブルーノの下でのヨルゲンの下積み生活が始まったのだった。


ブルーノの子分となって、三年の月日が流れた。

この三年、叩《たた》き込まれたのは、ひたすら行儀作法や読み書きである。

他には家の掃除《そうじ》に、炊事《すいじ》洗濯《せんたく》、薪割《まきわ》り、おつかい。

そんなものばかりだ。

それまで獲物《えもの》を追って野山を駆け回り、友人たちと木剣を打ち合わせる日々を送っていたヨルゲンである。

「ちくしょう！　やってられるか！」

今日も割《わ》り振られた仕事を前に、がしがしっとヨルゲンは頭を掻《か》きむしる。

はっきり言って退屈《たいくつ》で退屈で、一日一日が長くて長くて仕方なかった。

自分はあくまで武人なのだ。

こんなことに時間を費《つい》やしていては、剣《けん》や弓の腕が鈍《にぶ》ってしまう。

「こんな調子で、ルーンが発現するのか……っ⁉」

苛立《いらだ》ちと焦りで、下唇《したくちびる》を噛む。

ルーンが発現するのは、十代の内だと言われている。

だいたい一四～一六歳あたりに発現するのが一番多いという話だ。

「俺はもう一七歳だ。こんなことをしている場合じゃないってのに！」

ルーンは神が人の頑張りを御認《おみと》めになり、授《さず》ける恩寵《おんちょう》だとされている。

正直、それが真実かどうかは眉唾《まゆつば》なところはあるのだが、今はそれにすがるしかない。

だからこそ、ひたすら武の修練を重ね武の神に捧《ささ》げねばならないというのに、こんな軟《なん》弱《じゃく》な作業に時間を取られている。

歯がゆさにおかしくなりそうだった。

（やはりあの時、無理にでも親父の盃を断って、ヘルブリンディの叔父《おじ》貴《き》あたりの盃をねだっておくべきだったかもなぁ）

ヘルブリンディは《狼《おおかみ》》きっての武闘《ぶとう》派《は》で、攻《せ》め寄せてくる《角《つの》》を相手に軍功を積み重ね、元々ははるか西方の出身で外様《とざま》の身ながら若頭補佐《ほさ》にまで上り詰《つ》めた傑物である。

その下に付いていれば、自分もまた戦功をあげ、今頃《いまごろ》は宗主ファールバウティの直盃を頂けるなんて話になっていたかもしれない。

だが現実は未だブルーノ組の何の役ももらえてない若衆である。

やらされていることも、自分の適性に合っているとは思えない。

(ブルーノ組はやはり俺の居場所じゃない！　このままでは俺は腐《くさ》ってしまう)

そうヨルゲンが燻《くすぶ》り苛立つのも無理からぬことであった。

そんなある日のことである。

「おい、ヨルゲン」

「はい、何か御用《ごよう》でしょうか、親父殿」

ブルーノに呼び出され、内心の不満を押し殺しヨルゲンは丁寧《ていねい》な口調で返す。

ブルーノは満足気な笑みとともに頷き、

「ふふっ、随分行儀作法《ずいぶんぎょうぎ》が身に付いてきたのぅ」

「おかげさまで」

三年も叩き込まれれば猿《さる》でも覚えるわ、と内心で毒づきながら、表情は一切《いっさい》変えない。

こういう腹芸もこなせるようになってきた。

「新入りだ。お前が面倒《めんどう》みてやれ」

そう言って、ブルーノは傍らに立つ少年の肩《かた》を叩く。

「私が、ですか？」

問い返しつつ、ヨルゲンはまじまじと少年を観察する。

年の頃は一二～三歳くらいといったところか。

痩《や》せぎすだが、狼を思わせるなんとも鋭《するど》い目付きの少年である。

「うむ、名はスカーヴィズ。一〇年ぶりに我が《狼《おおかみ》》に誕生したエインヘリアルだ」

「っ！」

ヨルゲンは思わず目を剥《む》く。

自分より明らかに年下のこの少年が、すでにルーンを発現させている⁉

にわかには信じがたいが、しかし、小さいながらも強者の空気をまとっている。おそらく嘘《うそ》ではない。

その時、ヨルゲンは、心に宿った感情を当時は指摘《してき》されても決して認めることができなかっただろう。むしろムキになって否定していたはずだ。

だが後年、苦笑《くしょう》とともに述懐《じゅっかい》している。

私は自分より年下のエインヘリアルに、身を焦《こ》がすような嫉妬《しっと》と、年下に追い越し追い抜《ぬ》かれるのではないかという恐怖と不安に苛《さいな》まれたのだ、と。

「これからよろしくお願いします。ヨルゲンの兄貴」

「ああ」

ブルーノが去り、改めて頭を下げるスカーヴィズに、ヨルゲンは短く生返事を返す。

自分でもわからないむしゃくしゃが心の中を支配していた。

だが、いきなりそれを表に出すのは、矜持《きょうじ》が許さなかった。

しかし、ふつふつとした苛立ちは収まらない。

とにかくこいつがムカついて仕方がなかった。

「……お前、エインヘリアルなんだってな？」

「はい、アングルボダより鮮血の魔刃《ダーインスレイヴ》のルーンを授かりました」

「そうか。鮮血の魔刃《ダーインスレイヴ》か。なら戦闘《せんとう》方面はかなりイケるってことだよな」

エインヘリアルは、授かるルーンによって得意分野は変わるが、これほど物騒《ぶっそう》な名前のものは、戦闘向きなものとみてまず間違いないだろう。

「ええ、一応」

「ほう、なら、歓迎《かんげい》がてら、そこの庭でその腕、ちょっと見せてもらおうか」

くいくいっとヨルゲンは指で庭を指し示す。

万人《ばんにん》に一人と言われるその実力を、ぜひ肌《はだ》で感じてみたかった、というのは建前だ。

本音はこのムカつく男を地面に這《は》いつくばらせたかった。

ただそれだけである。

「いいですよ。俺も一目見た時から、お手合わせしたいと思っていたところです」

スカーヴィズがニッと口の端を吊り上げ不敵な笑みとともに了承《りょうしょう》する。

それがまたヨルゲンの癇《かん》に障《さわ》る。

ルーンを持たない自分ごとき、敵じゃないとでも思っているのだろう。

兄貴分である自分を叩きのめし、自分のほうが上だと刷《す》り込むつもりかもしれない。

（生意気な奴《やつ》め！）

やっていることはヨルゲンも同じなのだが、こんな年少のガキに勝てると思われていること自体が屈辱《くつじょく》以外の何物でもない。

「決まりだな、ついてこい」

顎《あご》をしゃくって、ヨルゲンは庭へと出る。

ブルーノの屋敷《やしき》は、《狼《おおかみ》》の若頭《かしら》を務めるだけあって庭もかなりの広さを占《し》める。

ちょうど何人かの若《わか》い衆《しゅ》が、落ち葉の掃除をしているところだった。

「おう、ヨルゲン。そいつは新入りかい？」

「ええ、スカーヴィズと言うそうです。なんとエインヘリアルだそうですよ」

兄貴分のブリミィルが早速《さっそく》声をかけてきたので、ヨルゲンも肩をすくめて返す。

はっきり言って、剣の腕もなければ頭の回転も鈍い凡夫《ぼんぷ》だが、ヨルゲンよりブルーノの盃を半年早く受けている。

ただそれだけで、同い年だというのに兄貴分として立てねばならない。

誓盃《せいはい》制度は実力が全てじゃないのか⁉　と全然納得《なっとく》いかないが、怠《おこた》れば後で説教を食《く》らうので、やらざるを得ない。

まったく面倒くさい組だと思う。

「へぇえ！　エインヘリアルねぇ⁉　そういや噂になってたな」

「そうなんスか？」

時間があれば、ヨルゲンは剣や弓の修練に明け暮れているので、その手のことには疎《うと》いのだ。

「なんだよ、知らなかったのか⁉　一〇年ぶりだって宮殿は噂でもちきりだったそうだぜ」

「へえ」

「てっきりヘルブリンディの叔父貴のとこに行くもんだと思ってたがなぁ」

「まあ、確かに、普通に考えればそうですよね」

ヨルゲンも同意とばかりに頷《うなず》く。

自分も含《ふく》めて、強い戦士は戦場に送ってなんぼであろう。

族都近辺にとどめ置くなど宝の持ち腐《ぐさ》れ以外の何物でもない。

(不遜とは思うが、ファールバウティのおじいさまは、人の使い方がわかっておられないのではないか)

そんなことまで思ってしまう。

「で、その噂のエインへリアルを連れて、どうしたい？　屋敷の案内か？」

「いえ、せっかくだし、エインへリアル様の腕前を見せてもらおうかと」

「ほ～～」

ブリミィルが、興味津々《きょうみしんしん》といった感じで目を輝かす。

見ればその取り巻きの、一緒に掃除をしている若い衆たちも同様だった。

まあ、彼《かれ》らとて若い男だ。

そりゃエインへリアルの戦いぶりを見たいに違いない。

「うち一番のお前と、小さいとは言えエインへリアルか。そりゃ見物《みもの》だな。おい、お前ら、他の連中にも声かけてこい。俺《おれ》たちだけで見るのはもったいねえ」

「へ、へいっ！」

下《した》っ端《ぱ》の若い衆が駆け、たちまち庭は観客でいっぱいになる。

ヨルゲンとしては望むところである。

エインヘリアルだかなんだか知らないが、こんな奴より自分のほうが強いと見せつけてやりたかった。

周りにも、そしてまだ自分を見出《みいだ》していない神にも、だ！

「準備はいいか？」

ぶんぶんっと木刀を振りつつ、ヨルゲンは問う。

いつも練習で使っている愛用の品で、よく手になじむ。

「いつでも」

スカーヴィズもその辺にあった小振《こぶ》りの木刀を拾い、スッと構える。

聞けばまだ一二歳という話だが、随分《ずいぶん》と堂に入っていた。

（……強いっ！）

ある程度の技量になれば、対峙《たいじ》するだけでおおよその力量はつかめるものである。

すでにヨルゲンは昨年以来、大人相手にも組内で負けなしの戦績を誇《ほこ》る。

その彼の目から見ても、このわずか一二歳の少年のほうが、背中をひりつかせるものがあった。

（さすがはエインヘリアルといったところか）

ゴクリと緊張《きんちょう》に唾《つば》を呑み込む。

だが、負けるわけにはいかなかった。

この時期の五歳差がもたらす体格の差は、大きい。

勝って当たり前の戦いで、負ければ大恥《おおはじ》である。

「どうした、かかってこないのか？」

余裕《よゆう》の笑みとともに、ヨルゲンは挑発《ちょうはつ》する。

格上の自分から攻めるのは矜持が許さなかった。

あくまでこちらが胸を貸す側なのだ。

「では……行きます！」

掛け声とともに、踏《ふ》み込んでくる。

速い！

が、反応できないほどではない。

ガッ！

振《ふ》り下ろされた木刀を、打ち返す。

「ぐっ⁉」

スカーヴィズの身体がよろめく。

すかさずヨルゲンががら空きの胴目掛《どうめが》けて木刀を打ち込む。

「くっ！」

スカーヴィズはなんとかその一撃《いちげき》を木刀で受け止めるも、

「ふんっ！」

「うわっ⁉」

ヨルゲンは力づくで押し込み、薙《な》ぎ払《はら》う。

こらえきれず、スカーヴィズはその場に倒《たお》れ込む。

その鼻先に木刀を突《つ》き付け、

「どうした、エインヘリアルとやらの力はこの程度か？」

冷たく言い捨てる。

「「「「おおっ⁉」」」」

どよどよっと観衆が沸《わ》き立つ。

これほど早く決着がつくとは思っていなかったのだろう。

それはヨルゲンも同様だった。悪い意味で。

拍子抜《ひょうしぬ》けもいいところである。

「これでは練習にさえならんな」

失望も露《あら》わに、ヨルゲンは嘆息《たんそく》する。

強いと直感し、緊張した自分が馬鹿みたいだった。

「ま、まだまだ！　も、もう一本お願いします！」

「いいだろう。こい！」

「はいっ！」

スカーヴィズはすぐさま立ち上がり、次々と打ち込んでくる。

その負けん気は買うのだが……

「ぬるい」

実に二〇合ほど、スカーヴィズの攻撃《こうげき》を全て防ぎ切り、ヨルゲンは冷たく吐《は》き捨てる。

確かに一二歳のガキとは思えない体捌《さば》きであり、剣捌きではある。

卓越《たくえつ》している、と言ってもいいかもしれない。

だが、あくまでこの年にしては、だ。

やはりまだ身体が小さい為か、普段《ふだん》大人を相手にしているヨルゲンには全てが軽すぎる。

加えて、まだまだ剣筋も素直《すなお》すぎる。

同世代が相手ならばこれだけの力があれば無双《むそう》できようが、自分を相手にするにはもう少し虚実《きょじつ》を混ぜねば話にならない。

「剣とはこう打つのだ」

視線と肩の動きで頭へのフェイント《虚》を入れてから、渾身の一撃《実》を太ももへと叩き込む。

「ぐあっ⁉」

反応が遅《おく》れたスカーヴィズは、その一撃をもろに受け、左脚《ひだりあし》を押さえてもんどり打つ。

その頭を軽く小突《こづ》いて、ヨルゲンは小さく漏らす。

「これがエインヘリアル……か」

正直、期待外れもいいところだった。

なぜこの少年が選ばれて自分が選ばれなかったのか。

この時は、まったくわからなかった。


だがそのたった一年後――

ヨルゲンは、エインヘリアルの凄《すさ》まじさをその身をもって思い知ることとなる。

「ぬううううっ！」

「おおおおっ！」

絶え間ない剣戟《けんげき》の応酬《おうしゅう》が続く。

はや五〇合を超えただろうか。

終始押しているのは、ヨルゲンだ。

一方的、と言ってもいいかもしれない。

だが、決まらない。

「はあっ！」

渾身の一撃を振るおうとするも、

「っ！」

絶妙《ぜつみょう》のタイミングで踏み込まれ、力が乗る前に止められる。

鍔迫《つばぜ》り合いになって力で押し切ろうとするも、パッと離《はな》れられスかされる。

退いたところを連撃で畳《たた》みかけようとするも、絶妙の足捌きでスルリと脇《わき》にかわされる。

「くっ！」

しかも、すり抜けざまに鋭い一撃を見舞《みま》ってくる。

なんとか防ぐも、その隙《すき》にまたきっちり距離《きょり》を取られる。

さっきからこういうことの繰《く》り返《かえ》しだった。

だが――

「はあはあ……はあはあ……」

スカーヴィズの息が荒《あら》い。

動きそのものを言えばヨルゲンのほうがむしろ動いているぐらいなのだが、膂力《りょりょく》で大きく勝る相手への対処の連続で、強い緊張と集中力を強《し》いられている為だろう。

「はああっ！」

休ませてやる義理もない。

ヨルゲンは矢継《やつ》ぎ早《ばや》に攻撃を仕掛《しか》けていく。

「っ⁉」

その最中、スカーヴィズが突如《とつじょ》グラリと体勢を崩《くず》す。

ヨルゲンによるものではない。落ち葉に足を取られたのだ。

その隙を見逃《みのが》すヨルゲンではなかった。

「もらった！」

好機と判断し、ヨルゲンは渾身の一撃を振り下ろす。

スカーヴィズは木刀で受け止めようとするも、体勢が悪い。

このまま一気に押し潰《つぶ》してやる！

そう思った瞬間《しゅんかん》だった。

「っ⁉」

突如、木刀が意識しない方向に流れる。

それに身体も引っ張られ、体勢が崩れる。

いったい何が起こっている⁉

混乱の最中、視界の端《はし》にスカーヴィズが木剣《ぼっけん》を繰り出す姿を捉える。

まずい！　咄嗟《とっさ》に対処しようとするも、間に合わない。

「ぐあっ！」

左脇腹に激痛が疾り、がくっとそのまま片膝《かたひざ》をつく。

「よしっ！」

スカーヴィズがグッと拳を握る。

普段あまり感情を露《あら》わにすることがない、何を考えているのかわからない少年なのだが、珍《めずら》しくその声には気合がこもっている。

この一年、ずっと負け続きだったのだ。

それだけ嬉《うれ》しかったのだろう。

「ちっ、してやられたか。最後のあれはなんだ？　気がついたら剣が流れていた」

忌々《いまいま》しげに舌打ちしてから、ヨルゲンは問う。

まぐれ勝ちでそこまで喜ぶなと喉元《のどもと》まで出かかったが、すんでのところで我慢《がまん》する。さすがにそれはダサすぎる。

実際、気にもなっていた。何がなんだかわからぬうちに体勢を崩されていたから。

「力を真正面から受けずに、向きを変えたんです。さすがにいつでもできるわけじゃなくて、わざと大振《おおぶ》りを誘《さそ》って……」

「っ！　足滑《すべ》らせたのはわざとか⁉」

「ええ」

「〜〜！　なるほどな」

がしがしっと頭を掻きむしる。

誘いにまんまと乗せられたというわけだ。

一年前の素直な戦いぶりが嘘のようである。

もちろん、同じ手は二度と食わない。

しかし、実戦なら次はないのだ。

運でもまぐれでもなく、負けるべくして負けたと認めざるを得なかった。

「ふん、やるじゃねえか。エインヘリアル」

「ヨルゲンの兄貴のおかげですよ。実力で勝るあなたとさんざんやりあったから、俺は日々工夫《くふう》をするようになったし、だからこそ閃《ひらめ》けました。同世代とばかりやっていたら、もっと力押《ちからお》し一辺倒《いっぺんとう》の戦い方になっていたでしょう」

ニッとスカーヴィズは口《くち》の端《はし》を吊《つ》り上げる。

まだまだ未熟、未完成ではあるが、後に「柳《やなぎ》の技法」として、弟子《でし》であるジークルーネ、そのまた弟子であるヒルデガルドへと受け継《つ》がれていき、彼女《かのじょ》らの窮地《きゅうち》を救う奥義《おうぎ》の片鱗《へんりん》は、この出会いから生まれたのだ。

「それと……俺の名はエインへリアルではなく、スカーヴィズです」

「……あ〜、そうだったな」

今更《いまさら》ながらに、名前で呼ばず、エインへリアルと呼び続けていたことに気づく。

未《いま》だルーンを得られない劣等感《れっとうかん》が、対抗心《たいこうしん》が、無意識にそう呼ばせていたらしい。

だが、今の戦いぶりは、神から与《あた》えられたルーンの力だけではなく、本人の臥薪嘗胆《がしんしょうたん》の根性《こんじょう》と工夫を感じさせるものだった。

「強くなったな、スカーヴィズ」

フッと苦笑とともに、ヨルゲンもその名を呼ぶ。

もはや一人の漢として、認めざるを得なかった。

パチパチパチ。

不意に拍手《はくしゅ》の音が響《ひび》き、ヨルゲンはそちらのほうを振り向き、サッと膝《ひざ》をつく。

「親父殿《おやじどの》⁉　これは無様なところをお見せしました」

スッとその場に片膝をついて、ブルーノを迎《むか》える。

隣《となり》ではスカーヴィズも同様の所作をとっていた。

「無様なものか。実に素晴《すば》らしい戦いだったぞ。おぬしの評価を上げこそすれ、まったく下げるつもりはない」

「はっ、恐縮《きょうしゅく》です。ありがとうございます」

「そしてスカーヴィズ」

ついで、ブルーノはスカーヴィズに目を向け、

「その年で我《わ》が組一番の使い手であるヨルゲンから一本取ったのは見事である」

「はっ、ありがとうございます」

「とは言え、この渡世《とせい》、腕《うで》っぷしだけで決まるわけでもない。引き続き、兄たちへの敬意を忘れず、兄たちの言うことをよく聞き、よく学び、精進いたせ」

「はっ、承知しました」

「さて、ヨルゲン。貴様に別に話がある。ついてこい」

くいっと顎をしゃくって、ブルーノが歩き出す。

いつもとは若干《じゃっかん》調子や雰囲気《ふんいき》が違《ちが》うのを、なんとなく感じた。

（いったい何だ？　覚えがないがなにか失態でもしたか？）

と内心思ったものだが、盃の親の言うことは絶対である。

黙《だま》ってその後ろに続く。

「おぬしがうちに来て、何年になる？」

庭の片隅《かたすみ》にある池の前に立ち、振り向くことなくブルーノは言う。

「はっ、先月で四年になるかと」

「そうか、さすがにそれだけ経《た》てば、あのやんちゃな山猿小僧《やまざるこぞう》も、しっかり行儀が身についてきたのぅ」

「すべて親父殿の教育のおかげです」

ヨルゲンは頭を垂れつつ、当意即妙《とういそくみょう》に返していく。

内心皮肉も込《こ》めてはいるが、事実ではあった。

四年もの間、徹底的《てっていてき》に叩き込まれたのだ。

下手を打てば、飯抜きや鉄拳《てっけん》制裁もありうる。

そんな環境《かんきょう》なら、猿でもいい加減覚えるというものだった。

「ふふっ、それに与えた仕事も、きっちりこなしておるようじゃの。手際《てぎわ》がいいと方々で評判じゃぞ」

「はっ、光栄です」

そう答えつつも、正直、褒《ほ》められたところで喜びはあまりない。

三年の行儀見習い期間を終え、去年からヨルゲンも組の仕事を任されるようになっていた。

とは言っても、ヨルゲンがしている仕事は、領民からの年貢《ねんぐ》の徴収《ちょうしゅう》や、戦地や最前線への武器や兵糧《ひょうろう》の運搬《うんぱん》の手配、街の修繕《しゅうぜん》の手配など、裏方の地味な仕事だ。

もちろん、だからといって一切手を抜かず、真剣《しんけん》に取り組んだが、こんなことを評価されても、と正直思ってしまうのだ。

自分は、あくまで武人なのだから。

「これならそろそろ親父殿に盃を降ろしてもらってもよさそうじゃな」

「えっ⁉」

思いもよらぬ一言に、ヨルゲンは思わず顔を上げる。

ブルーノはニッと口の端を吊り上げ、

「元々、そういう話じゃったろう？」

「それは……そうですが……」

正直、釣《つ》り餌《えさ》としての口約束で、本気ではなかったのだろうと、もうすっかり思っていた。

なにか大きな手柄《てがら》の一つも挙げねば、叶うことはない、と。

そして、その手柄から遠い組で、誰《だれ》にでもできるような仕事をこなしていただけ、という感覚しかない。

なのに、宗主の直盃と言われても、まるでピンとこなかった。

「儂《わし》の下での四年は、さぞ退屈でつまらなかったろう？」

「いえ、そのようなことは……」

咄嗟に否定するが、当たりである。

何度、盃を水にして他の組に移ろうかと悩《なや》んだか知れないぐらいだ。

「だが、そんなつまらん修行《しゅぎょう》や仕事も、おぬしはきっちり真面目に、手を抜くことなくこなし続けた。誰にでもできることではない」

「っ!?」

ヨルゲンは唖《あ》然《ぜん》として目をしばたたかせる。

まさかそんなふうに自分を見てくれていたとは、正直意外だった。

礼儀《れいぎ》やらしきたりやらの上《うわ》っ面《つら》ばかりに目を向け、実際の内面を見ようとしない頭の固い人間だとばかり思っていたのだ。

「若いうちは派手な手柄にばかり目が行きがちじゃ。しかし、組織にいれば嫌《いや》なこと、意に沿わぬことをさせられることもある。思い通りにいかぬことも、黒を白と言わねばならぬこともある。必要なのは一に辛抱《しんぼう》、二に辛抱よ」

「……つまり、私を試《ため》していた、ということですか？」

「やはり察しがいいのぅ。試すだけではなく、経験をさせるためじゃ。この先、嫌なことがあっても、多少のことは耐《た》えられよう」

「……確かにそれは自信がありますね」

「じゃろう？」

くくっとブルーノが小憎《こにく》たらしく笑う。

退屈で窮屈《きゅうくつ》、言葉遣《ことばづか》いや礼儀がなっていなければ問答無用で鉄拳制裁。

まったくクソみたいな環境だった。

だがだからこそ、ブルーノの言う通り、並大抵《なみたいてい》のことではへこたれない確信があった。

「スカーヴィズにも言うたが、腕っぷしだけの跳《は》ねっかえりでは、組織の中ではやっていけん。上っ面と思うかもしれんが、行儀《ぎょうぎ》や礼儀も、足元をすくわれんためには、無駄《むだ》ないざこざを起こさぬためには必要なものじゃ」

「……そう、ですね」

その言葉の意味を、今のヨルゲンは身にしみてよくわかっている。

正直心底くだらない、こんな小手先でと思ってもいたが、そういう上辺《うわべ》を取り繕《つくろ》うかどうかで、相手の心象がガラリと変わるのだ。

「今のおぬしならば、親父殿《ファールバウティ》の下でも十分やっていけよう。精進せい」

「っ！」

瞬間、ヨルゲンは目頭《めがしら》が熱くなるのを感じた。

はっきり言えば、ブルーノのことは嫌《きら》いだった。

何度、怒鳴《どな》られ殴《なぐ》られたか覚えてもいない。

尊敬できないと思っていたし、頭も固く旧態依然《きゅうたいいぜん》としている、噂《うわさ》通りの器の小さい人間と内心で見下してもいた。

確かに、そういう側面がまったくないというわけではない。

だが、決してそれだけの人物ではないことに今更ながらに気づく。

やはり《狼《おおかみ》》という名門氏族の若頭《かしら》を張るだけの男だったのだ。

ガバッと膝に頭がつかんばかりの勢いで、ヨルゲンはブルーノの背中に頭を下げる。

「はい！　これまで長らくのご指導ご鞭撻《べんたつ》、真にありがとうございました！」


それからは、あっという間だった。

怒涛《どとう》の日々だった、といっていいだろう。

やるべきことは山程《やまほど》あり、こなすたびに地位が上がり、責任も増え、仕事も増える。

ひたすらがむしゃらに仕事をこなし続け――

気がつけば、もうヨルゲンも齢《よわい》三〇を越《こ》え、序列六位を与えられ、一家を構え、《狼《おおかみ》》の押しも押されぬ幹部へとのし上がっていた。

個人としても二人の妻を娶《めと》り、子を儲《もう》け、まさに順風満帆《じゅんぷうまんぱん》な日々である。

「なんだかんだ、若頭《ブルーノ》のおかげでここまでこれましたわ」

その言葉に嘘偽《うそいつわ》りはなかった。

昔の腕白《わんぱく》で生意気な小僧《こぞう》のままではおそらく、ここまでの地位にはこれなかっただろう。

ブルーノの下で学んだ行儀や作法が、そしてなにより人心掌握《しょうあく》術が、組織の中での出世に大きく寄与《きよ》したことは認めざるを得なかった。

「ふっ、儂はもう若頭《かしら》ではないぞ」

ブルーノが寂《さび》しげに、小さく笑《え》みをこぼす。

そう、先程《さきほど》、盃直《はいなお》しの儀《ぎ》をもって、ブルーノは若頭《かしら》の任を辞し、舎弟頭《しゃていがしら》となっていた。

一応、形式上は昇任《しょうにん》だが、誓盃制度において後継《あとつ》ぎは子分の中から選ぶ。

舎弟——弟から後継《こうけい》に選ばれることは基本的にまずない。

つまり、もうブルーノは《狼《おおかみ》》の宗主を継ぐ資格を失ったのだ。

ファールバウティの親父《おやじ》は随分と粘《ねば》ったみたいだが、この一〇年、ブルーノには目立った功績はない。

下からの突き上げに抗《こう》しきれなかったのだ。

ブルーノには恩があり個人的には寂しいが、これも時代の流れか、と思う。

力のある者が出世し、力のない者は傍系《ぼうけい》に追いやられる。

それがこの渡世の仕来《しきた》りだった。

「おう、叔父貴《おじき》。今日までご苦労様ですわ」

楽し気な声とともに、男が声をかけてくる。

年《とし》の頃《ころ》は四〇代半ば、金髪碧眼《きんぱつへきがん》の、にこやかな笑顔《えがお》が印象的な男である。

実際、人当りもよく、《狼《おおかみ》》内でも評判が高い。

だが、ヨルゲンは知っている。その笑顔の仮面の下に、人を人とも思わぬ冷徹《れいてつ》な素顔《すがお》を隠《かく》し持っていうことを。

もっとも、それを否定するつもりもない。

その冷徹な判断が、結局被害《ひがい》を最小限に抑《おさ》え、《角《つの》》との最前線でかの氏族の侵攻《しんこう》を防ぎ続け、この一〇年、《狼《おおかみ》》に平和と繁栄《はんえい》をもたらしてきたのだから。

ヘルブリンディ――

その戦績でもって、今やよそ者の出でありながらブルーノになり代わって、《狼《おおかみ》》の若頭《かしら》を張る男であった。

「……何の用だ、ヘルブリンディ」

忌々しげにブルーノは睨《にら》むが、ヘルブリンディは勝者の余裕か、軽く肩をすくめていなすだけだ。

「叔父貴には用はないっすわ。ゆっくりしたってください。俺が用はあるのは、そこのヨルゲンですわ」

「私に？」

訝《いぶか》しげに眉《まゆ》をひそめるヨルゲンに、ヘルブリンディはにこやかに微笑《ほほえ》み、

「そうだ。お前、うちの派閥《はばつ》に来んか？　もう叔父貴は上がりや。ついてったところで出世の目はないぞ？」

「……本人を目の前に言うことではないでしょう?」

「いいや、だからこそだ。なあ、叔父貴。こいつと、あとスカーヴィズ、譲《ゆず》ってくれねえです? 手塩にかけて育てた奴らが、日陰者《ひかげもの》になるのは嫌でしょう?」

「てめえっ!」

「よせ!」

あまりといえばあまりな物言いに、思わず激高しかけたヨルゲンであったが、当のブルーノに手で制される。

「お気遣《きづか》い、感謝する。ヨルゲンとスカーヴィズの器量は、儂に付き合って潰すには惜《お》しい。かわいがってやってくれ」

言って、ブルーノは深々とヘルブリンディに頭を下げる。

自らの地位を奪《うば》った仇敵《きゅうてき》に、だ。

(叔父貴、あんた、優《やさ》しすぎるんだよ)

優しさとは、優柔不断《ゆうじゅうふだん》と紙一重である。

ファールバウティも、ブルーノも、どこか周りや全体を見すぎて、譲ってしまうところがある。

だが、この渡世を生き抜くには、引いてはいけない時というのがあるのだ。

でなければ、舐《な》められてしまう。

まさにそれが、今だった。

もちろん、それはヨルゲンの為《ため》を想《おも》ってのことというのはわかる。

だが、やはりなんとも言えないやるせなさがあった。

「というわけで、叔父貴の許可もとれたことだし、明日から俺の下につけ。最後まで叔父貴についていったおまえらの忠義、俺は割と気に入っているんだ」

「道具として安心して使えるから、ですか？」

「ふっ、わかってるじゃないか。だが、お前らは使える道具だ。使い潰すつもりはないし、頑張《がんば》るなら出世もさせてやるさ」

悪びれることなく言い切る。

こういう使えるものは何でも使うというドライで合理的なところが、結果を出し続けてこられた所以《ゆえん》だろう。

好きにはなれないが、やはり傑物《けつぶつ》であることは間違《まちが》いなかった。

「続きまして、新たに若頭《かしら》に就任したヘルブリンディ様より、今後の抱負《ほうふ》を述べてもらいたいと思います」

司会の声に、わあああっと会場に歓声《かんせい》があがる。

「お、どうやら出番のようだ」

ひらひらと手を振って、ヘルブリンディは踵《きびす》を返し、壇上《だんじょう》へと向かう。

「ただいまご紹介《しょうかい》に与《あずか》りました、ヘルブリンディでございます」

その挨拶《あいさつ》の声にも、力と自信がみなぎっていた。

その後はつらつらと自分が今後どうするかを語っていたが、一段落ついたところで、

「ロプト、来い」

「はい、父さん」

呼ばれて登壇《とうだん》してきたのは、父譲りの金髪碧眼の、線の細い美少年である。

あまり顔は似ていない。

しかし、その眼だけは、父親に酷似《こくじ》していた。

その奥《おく》に宿る、すべてを見下し、道具と断ずる冷たい光が。

「改めて紹介させていただきます。この者はロプト、俺の息子《むすこ》で、ご存知《ぞんじ》の方も多いと思いますが、エインヘリアルです」

おおおおっと会場にどよめきが走る。

もちろん、ヨルゲンもロプトの名は聞き及《およ》んでいた。

いわく「万能《ばんのう》の天才」と。

砂地が水を吸《す》い込むように、ありとあらゆる技術をたちどころに身につけてしまう奇才《きさい》である、と。

エインヘリアルであることを差し引いても、その才は突き抜《ぬ》けすぎている、と。

ヘルブリンディが若頭《かしら》に就任できたのは、彼が息子だったことが決め手だったともっぱらの評判だった。

「近年、我が《狼《おおかみ》》には、エインヘリアルが急激に現れ出しております。我が娘《むすめ》フェリシアも、先日、ルーンを発現いたしました」

おおおおおっ！　と先程よりも大きなどよめきが会場を席巻《せっけん》する。

（兄に続き妹まで、か）

ヨルゲンは内心で舌打ちする。

よほど優秀《ゆうしゅう》な血統らしい。

まったく羨《うらや》ましい限りである。

「先日、親父と盃《さかずき》を交《か》わしたジークルーネも、幼いながらルーンを発現いたしております。他方、西に目を向ければ、最近、《蹄《ひづめ》》が日に日に勢力を拡大し、《角《つの》》の領土を圧迫《あっぱく》しているとのことです。これはもうアングルボダの導きだと俺は思うのです」

胸に手を当て、天を仰《あお》ぎ、厳《おごそ》かな口調でヘルブリンディは言う。

現実主義者の彼が神の名を語るのはヨルゲンには違和感《いわかん》しかないが、一方で確かにとも思う自分がいた。

ヨルゲンが《狼《おおかみ》》に入った頃《ころ》には、よそ者のヘルブリンディしか、エインヘリアルがいなかったのだ。

それが今や五人である。

しかもおあつらえ向きに、仇敵の背後に強大な敵が現れた。

これはもう、ヨルゲンにも神がお膳立《ぜんだ》てしているようにしか思えなかった。

「さあ、今こそ、長年、我が《狼《おおかみ》》の領土を狙《ねら》い、争い合ってきた仇敵《角《つの》》を追い払いましょう！　彼らの前線基地であるホルン砦《とりで》を奪い、《狼《おおかみ》》に恒久《こうきゅう》の平和と富を勝ち取るのです。《狼《ジークウールヴ》》万歳！」

「「「「《狼《ジークウールヴ》》万歳!!」」」」

ヘルブリンディの掛《か》け声《ごえ》に、会場の皆《みな》が熱い唱和で応《こた》える。

ちらりとファールバウティのほうを見れば、苦虫を噛《か》み潰したような顔をしている。

反対ではあるが、ヘルブリンディに押し切られたといったところか。

ヨルゲンはゴクリと唾《つば》を呑《の》み込む。

これまでのような小競《こぜ》り合いではない。

氏族の総力を結集した大きな戦が、始まろうとしていた。


「おおおおおおっ!!」

戦場に鬨《とき》の声が轟《とどろ》き渡《わた》る。

どどどどどっと兵士たちが大地を踏み鳴らし、敵陣《てきじん》へと突撃《とつげき》していく。

斬《き》り結《むす》ぶ剣戟の音と、断末魔《だんまつま》の悲鳴がここかしこから鳴り響く。

押しているのは、明らかに《狼《おおかみ》》のほうだった。

さもありなんとヨルゲンは思う。

なにせヘルブリンディ、スカーヴィズ、ロプトという《狼《おおかみ》》の誇る三大エインヘリアルを残らず前線に投入しているのだ。

一方の《角《つの》》は、国力だけならば《狼《おおかみ》》を上回るが、西方に《蹄《ひづめ》》、南方に《蛇《へび》》を抱《かか》え、戦力を分散させている。

兵力的にも《狼《おおかみ》》四〇〇〇に対し、《角《つの》》は三〇〇〇ほど。

順当に行けば《狼《おおかみ》》が勝つのは目に見えていた。

「とはいっても、油断はできんな」

自嘲《じちよう》の笑みをこぼしつつ、ヨルゲンは緩《ゆる》みそうになる気を引き締《し》める。

何が起きるかわからないのが戦場だということを、さすがにこの年にもなれば身に沁《し》みて知っている。

むしろそういう時ほど危ないのだ。

「おい、親父！　もう勝ち確定だろ。俺《おれ》たちも行こうぜ！　出遅《でおく》れちまう。手柄を他の組に取られちまうぞ」

まだ若い子分が戦に逸《はや》った顔で、急《せ》かしてくる。

彼《かれ》はまだヨルゲン組に来て日が浅い。

手柄を立てたくて仕方がないのだろう。

しかし、ヨルゲンは苦笑《くしよう》とともに首を振る。

「まあ、待て。出番はもう少し後だ。今はまだのんびり英気を養っていろ」

手柄首をあげるのは、戦の真《ま》っ只中《ただなか》ではない。

むしろ戦いの本番が終わり、追撃《ついげき》戦になってからである。

あるいは戦の流れを変える何かが起きる可能性も、もちろんあり得る。

今、体力を消耗《しようもう》しては、そういう肝心《かんじん》なところで頑張れなくなる。

そのあたりの機を見極《みきわ》め、あえて力を抜けるのも、上に上がれる者の才覚だった。

「……しかし、しぶといな」

交戦してから、すでに二刻が過ぎようとしている。

終始優勢なのは《狼》《おおかみ》なのだが、一向に《角》《つの》が崩れる気配を見せない。

だが、それももはや時間の問題だろう。

ここまで傾《かたむ》いた戦の天秤《てんびん》を逆転させることは、いくら相手が名将フルングニルといえど至難の業《わざ》である。

ドォオン！　ドォォォオン！　ドォォォオン！

不意に、銅鑼《どら》が大きく鳴り響く。

ようやく敵撤退《てったい》かと思ったが、すぐにヨルゲンはその間違いに気づく。

鳴ったのは《角》《つの》のほうからではなく、《狼》《おおかみ》のほうからだったのだ。

「なっ⁉　退却《たいきゃく》だとぉっ⁉　この状況《じょうきょう》でか⁉」

ヨルゲンは思わず耳を疑う。

九分九厘《くぶくりん》勝っていた戦である。

ここで退くなどあまりにもったいないと言わざるを得ない。

「……だが、そんなこともわからないヘルブリンディの若頭《かしら》でもない、か」

この一〇年で、最も武功を上げてきた人物である。

今回の《角《つの》》への侵攻も、彼が音頭《おんど》をとってのものだ。

にもかかわらず、退く。

よほどのことがあったと見るべきだった。

「「「「おおおおおおっ!!」」」」

時を同じくして、《角《つの》》の軍勢から大音声《だいおんじょう》の鬨の声が巻き起こる。

このタイミング、とても偶然《ぐうぜん》とは思えなかった。

「いったい何が起こってやがる!?」

忌々しげにヨルゲンは吐き捨てる。

ただ一つだけわかっていることは、この戦は敗《ま》けだ、ということだけだった。


その夜、戦場から少し離れた野営地には、《狼《おおかみ》》軍の主だった将が集められていた。

将たちの顔には疲《つか》れと苛立《いらだ》ちが色濃《いろこ》く滲《にじ》む。

それはそうだろう、勝利確実のところから突然《とつぜん》の撤退命令だ。そして、息を吹《ふ》き返した《角《つの》》に散々に追い立てられたのである。

負傷している者も少なくなかった。

「で、あの撤退命令はなんだったんスか、若頭《かしら》」

開口一番、ヨルゲンはヘルブリンディに詰《つ》め寄って問う。

多少、目上に対して口は荒いが知ったことか、である。

憤懣《ふんまん》やるかたないのはヨルゲンとて一緒《いっしょ》である。

あの突然の撤退命令のせいで、子分を何人も失ったのだ。相応のわけを話してもらわねばこっちも納得《なっとく》できなかった。

「《爪《つめ》》が裏切った」

忌々しげな嘆息《たんそく》とともに、ヘルブリンディが端的《たんてき》に吐《は》き捨てる。

諸将たちの間にどよめきが走る。

それも当然といえば当然だった。

《爪《つめ》》は《狼《おおかみ》》の分家筋の氏族である。

当代の宗主もファールバウティと弟分の盃を受けており、いわば《狼《おおかみ》》の傘下《さんか》氏族のはずだった。

「《狼《おおかみ》》の全戦力を西に傾けている今を、好機だと判断したんだろうな。これまでの搾取《さくしゅ》された分を取り戻《もど》す、とかいって宣戦布告してきやがったそうだ」

「はぁぁっ⁉　ど、どういうことです⁉　あいつら、神聖にして不可侵《ふかしん》の盃の誓《ちか》いを破りやがったんですか⁉」

「……代替《だいが》わりしたそうだ。当代の《爪《つめ》》宗主ボドヴィッドは、ファールバウティの親父の盃を受けていない。だから盃破りには当たらない、ってな」

「なっ！　詭弁《きべん》もいいところだ！」

激昂《げきこう》し、ヨルゲンは思わず近くにあった樹《き》を蹴《け》りつける。

だが一応、筋だけは通っている。

たとえ無理やりでも建前にしかすぎなくても、一応の筋さえ通っていれば、まかり通るのがこの渡世だった。

「《爪《つめ》》の代替わりはまったく情報がつかめていなかった。完全にしてやられたよ。あのたぬきにな！」

ヘルブリンディが憎悪《ぞうお》に顔を歪《ゆが》める。

彼にしても無念だったのだろう。

念願の《角《つの》》攻《ぜ》め、その念願の勝利目前にひっくり返されたのだから。

「そしておそらく、《角《つの》》と《爪《つめ》》が裏でつるんでいたのも明白だ」

ヘルブリンディはぎりっと奥歯《おくば》を噛み締めるように言う。

ヨルゲンも同意見だった。

そう考えれば、《角《つの》》が妙《みょう》に防衛一辺倒だったことにも、敗戦濃厚《のうこう》だったにもかかわらず粘り強《づよ》かったことにも得心がいく。

彼らは知っていたのだ。

《狼《おおかみ》》がやがて、背後を突《つ》かれ撤退せざるをえなくなるということを。

「この戦はもう負けだ。今、我らにできることは、一兵でも多くイアールンヴィズに生きて帰らせることだ」

これまた、そのとおりであった。

全戦力を西に集中している現状では、一刻も早く戻らねば、東の領土が刈《か》られたい放題である。

「ついてはヨルゲン、すまんが俺たちが撤退する間、殿《しんがり》を引き受けてもらえるか？」

「……私、ですか？」

すぐには返答できなかった。

ゴクリと唾《つば》を呑み込む。

殿は武人にとっては名誉《めいよ》な役目ではある。だが一方で、死ぬ確率がもっとも高い危険極《きわ》まりない任務である。

ヨルゲンには、二人の妻と三人の子供もいる。

そう易々《やすやす》とは決められなかった。

「お前は冷静で、今さっきも俺に突っかかってくるぐらいに度胸もある。お前が、適任だ」

「…………」

要はトカゲの尻尾《しっぽ》切り、というやつだろう。

ブルーノの若頭《かしら》引退を機に、ヨルゲンもヘルブリンディの傘下になった。

が、心から従っているわけでもない。

自らの地位を脅《おびや》かす、潜在的《せんざいてき》な政敵とも言える。

誰かを切り捨てるならば、自分の派閥の者よりそういう人間を選ぶのは当然といえば当然だった。

「わかりました。万が一の時は、妻子や組の者たちのこと、よろしくお願いいたします」

覚悟《かくご》を決め、ヨルゲンは請《う》け負う。

正直引き受けたくはなかったが、総大将の命令である。

どうせ逆らうのも難しいし、大勢を生き残らせるためには、誰かが殿を引き受けるしかない。

ならばせいぜい潔《いさぎよ》く散るのみだった。

「っ！」

物陰《ものかげ》から立て続けにヨルゲンは矢を撃《う》ち放つ。

子分たちもそれに合わせるように、一斉《いっせい》に矢を射る。

「ちぃぃ、伏兵《ふくへい》か。討《う》ち取れー！」

「大した数ではない。囲んでしまえ！」

「中央のやつは俺のだ。あの剣《けん》、けっこういい拵《こしら》えしてるじゃねえか」

敵兵が色めき立って襲《おそ》いかかってくる。

二人殺されたというのに、まるでひるんだ様子もない。

当然といえば当然か。

すでにもう《角《つの》》兵にとっては勝ち戦なのだから。

「ヨルゲン組、抜刀《ばっとう》！　絶対にここは通すな！」

「「「「おおっ！」」」」

またたく間に、キンキンと激しい剣戟《けんげき》の音が鳴り響く。

ヨルゲン組の兵数はざっと三〇〇人。

敵勢に比べれば寡兵《かへい》もいいところではあるが、ここは川と森に挟《はさ》まれた隘路《あいろ》である。

一度に展開できるのはせいぜい一〇〇人、ここなら兵力差は関係ない。
「はっ！」
ヨルゲンもまた最前線で剣を振《ふ》るっていた。
激しい戦いの末、一人、また一人と斬り捨てていく。
その勇姿に発奮し、子分たちが勢いづく。
「くっ、こいつらつぇえ！」
二刻ほども経つと、《角《つの》》兵たちにも苛立《いらだ》ちが見え始めていた。
一向に前に進めないのだ。
その間も《狼《えもの》》本隊との距離《きょり》が離《はな》れていっているのだ。
気が気でないに違いない。
「お前ら、意地を見せるぞ！　日々の訓練を思い出せ！」
ヨルゲンは剣を掲《かか》げ、味方を鼓舞《こぶ》する。
実のところ、ヨルゲンたちとて、きつい状況だった。
一応、三隊に分け、前後を入れ替えることで休憩《きゅうけい》はとっているが、命のやり取りだ。
極度の緊張《きんちょう》は、体力を大幅《おおはば》に削《けず》っていく。
それでも気合で、ヨルゲン組は奮戦を続け――

日没《にちぼつ》を機に《角《つの》》勢が撤退していくまで、なんとかその日は持ちこたえることに成功したのであった。

だが、本当に苦しいのはここからである。

「はあはあ……お前ら、きついだろうが、できる限り距離を取るぞ」

その夜、ヨルゲン組は撤退を開始していた。

丸一日時間を稼《かせ》いだのだ。

時間稼ぎはもう十分であろう。

今度は自分たちが生きて帰る番だった。

だがそれは、最も難しいことでもあった。

「くそっ、さすがに身体が重いな」

ほぼ丸一日戦い続きだったのである。

疲労困憊《ひろうこんぱい》もいいところであった。

だというのに、ほとんど休憩もとらずに行軍するしかないのだ。

夜の今しか逃《に》げるチャンスはないのだから。

「ったく、もうボロボロだ」

歩きに歩き続け再び陽が昇《のぼ》り、子分たちの姿にヨルゲンは苦笑する。

夜の道を明かりもつけずに進んだのだ。

ヨルゲン自身、何度転んだか知れない。

皆もう服はどろだらけ、傷だらけだった。

それでも生きている。生きているのだ。

はぐれることなく、二五〇人ほどがこの場にいる。

あの激戦と強行軍を考えれば、奇跡《きせき》的な損害の少なさと言えた。

「ふう、ここまでくれば大丈夫《だいじょうぶ》だろう。とりあえず一服……おいおい、まじかよ……」

それを見た瞬間《しゅんかん》、がくっと膝《ひざ》が砕《くだ》けそうになった。

助かったと思っただけに、絶望は大きい。

目の前には《角《つの》》の旗がたなびいていた。


「……外回りで迂回《うかい》してきた連中、か」

苦々しげに、ヨルゲンは溜息をこぼす。

昨日のヨルゲンたちの奮戦を受け、突破《とっぱ》するのは難しいと判断したのだろう。

そして自分たちが戦っている間にまんまと先回りされた、というわけだ。

「万事休《ばんじきゅう》す、か」

イアールンヴィズに帰るには、目の前に立ちふさがる《角《つの》》部隊を打ち破るしかない。

だが、その数はざっと五〇〇ほど。

今の自分たちの倍である。

しかも自分たちは昨日、丸一日戦い抜き、夜通し行軍してきたばかりである。

余力などほとんど残っていない。

休憩する暇《いとま》など、敵は与《あた》えてはくれないだろう。

よしんばもらえたところで、後ろから《角《つの》》本隊に追いつかれ挟み撃ちに合うだけだ。

「ふっ、進むも地獄《じごく》、引くも地獄ならば、進むしかない、な」

にぃぃっとヨルゲンは凄絶《せいぜつ》に笑う。

どうせ待ってても状況が悪化するだけならば、最後は華々《はなばな》しく戦って散るのが武人の本懐《ほんかい》というものだった。

もしかしたら数人ぐらいは敵陣を突破して、イアールンヴィズにたどり着ける者もいるかもしれない。

その者たちが自分たちが立派に戦い抜いたことを語《かた》り継《つ》いでくれれば、妻子たちも恥《は》ずかしい想いをすることもなく、誇《ほこ》りを持って生きていけるだろう。

「みな、覚悟《かくご》はいいか」

言って、子分たちを見回すと、皆《みな》覚悟の決まった顔でこくりとうなずく。

自分についてきたばかりに、彼らはここで死ぬ。

申し訳ないと思う。

だが一方で、可愛《かわい》くも思った。

「よぉし、皆の者、最後の一踏《ひとふ》ん張《ば》りだ！　立派に戦い抜き、ヴァルハラでまた共に酒をかっ喰《く》らおうぞ！」

「「「「おおおおおっ!!」」」」

ヨルゲンの鼓舞に、子分たちが応える。

鬨の声とともにヨルゲンたちは敵陣へと突っ込《こ》んでいく。

「その首、もらったぁっ！」

早速《さっそく》、敵の一人と切り結ぶ。

「ふんっ！」

「がはっ！」

数合のうちに討ち倒《たお》すも、ヨルゲンは内心で舌打ちする。

身体は鉛《なまり》のように重い。

普段《ふだん》軽く感じる銅剣《どうけん》は、倍の重さに感じる。

「はあ……はあ……」

この程度で肩《かた》で息をしている。

疲労《ひろう》でますます身体が重くなってくる。

体力は底を突いていた。

もう気合だけで動いているようなものである。

「どいてろ。お前らじゃいたずらに死体を積み上げるだけだ」

スッと他の者を押《お》しのけ、四〇歳ぐらいの男が現れる。

「っ！」

一目見ただけで、只者《ただもの》ではないことがわかった。

他と一線を画す強者の風格がある。

該当《がいとう》する人物は、一人しかいなかった。

「三炎筆頭……ラスムスか」

《角《つの》》が誇る三人のエインヘリアル『三炎』の中でも、最強と名高い人物である。

今一番出会いたくない相手であった。

「ほう、儂《わし》も有名になったものだ、の」

その言葉を言い放つと同時に、ラスムスの姿が一瞬《いっしゅん》にして視界からかき消える。

キィン！

その一閃《いっせん》を防ぐことができたのは、ほとんど運だった。

当てずっぽうで首筋を咄嗟《とっさ》に守ったら、山勘《やまかん》が当たっただけである。

もし胴《どう》を薙《な》ぎ払《はら》われていたら、今頃《いまごろ》ヴァルハラ逝《い》きだっただろう。

恐《おそ》ろしいまでの踏《ふ》み込《こ》みの速さだった。

「ほう、ならこれはどうだ？」

続けざまに攻撃《こうげき》が飛んでくる。

どれもとんでもなく速い。

ヨルゲンが疲れているとかそういう問題ではなく、これまで味わったことのない速度だった。

その上――

（一撃一撃《いちげきいちげき》が、重い！）

一撃《いちげき》ごとに、手がしびれ、握力《あくりょく》を奪われていくのがわかる。

なんとか必死に見失わないよう神経を研《と》ぎ澄《す》ませることで防げているが、そう長くもちそうにない。

「ぐっ！」

ラスムスの剣がヨルゲンの左眉をかすめる。

傷自体は決して深くない。

だが、場所が最悪だった。

流れる血が、視界を覆《おお》い隠す。

ラスムスほどの相手には致命的《ちめいてき》だった。

「ふっ、儂《わし》相手に大したものだ。お前が噂《うわさ》のスカーヴィズとやらか？」

剣を構え直しつつ、ラスムスが楽しげに笑う。

その余裕《よゆう》と、なによりあんなやつと間違われたことに、ヨルゲンはぺっと唾を吐き捨てる。

自分など所詮《しょせん》その程度の存在だ、と突きつけられた気分である。

「私はヨルゲンだ」

「ヨルゲン？　ああ、序列六位の。ほう、ルーンなしでこれか。よく積み上げたな」

ラスムスが驚《おどろ》いたように目を瞠《みは》り、感嘆《かんたん》の声をあげる。

本人としては褒《ほ》めているつもりなのだろうが、むかつきしか覚えない。

上から目線もいいところである。

（その余裕、引っぺがしてやる……っ！）

怒《いか》りを燃料に、ヨルゲンは疲れた身体に鞭《むち》を入れる。

おそらく次の攻防《こうぼう》が、限界だろう。

だがせめて一矢《いっし》は報《むく》いてやるつもりだった。

「いい目だ。そういう目をしたやつ相手には、どんな時でも油断しないことにしている」

すううっとラスムスが目を細める。

勘弁《かんべん》しろよ、とヨルゲンは思う。

これほど強いのに、精神的にも隙《すき》がない。

どうつけ入れというのか。

「いくぞ！」

ラスムスが再び踏み込んでくる。

対策を考える暇さえ与えてくれない。

キン！　キン！　キキキン！

先程《さきほど》同様、またたく間にヨルゲンは防戦一方に追いやられてしまう。

だが、諦《あきら》めない。

「くそったれが！」

悪態をつきつつ、必死に歯を食いしばって耐《た》えしのぐ。
確かに実力は、悔《くや》しいがラスムスのほうが上だ。
だが、何が起こるのかわからないのが戦である。
そして、強いほうが必ず勝つとは限らないのも戦である。
一〇年前、他でもないヨルゲン自身、スカーヴィズから学んだことだった。
「はあっ！」
ヨルゲンの剣が撥《は》ね上げられる。
そして繰《く》り出されるとどめの突き。
先程、ヨルゲンの眉をかすめたのと同様の技だった。
おそらくラスムスの最も得意とする技なのだろう。
全てが洗練されたラスムスの動きの中でも、ひときわ鋭《するど》い。
それが絶妙《ぜつみょう》のタイミングで放たれたのだ。
かわせない！
ならばあえて受けるまでである。
ザシュッ！
左肩《ひだりかた》に激痛が疾る。

「おおおおっ!!」

だがそれすら構わず、ヨルゲンは咆哮《ほうこう》とともにラスムスに斬りつける。

肉を斬《き》らせて骨を断《た》つ、である。

相打ち、実力で圧倒《あっとう》する相手に勝つにはこれしかなかった。

「ぬっ⁉」

「なっ⁉」

ラスムスが咄嗟に剣を手放し、その場にしゃがみこんでヨルゲンの渾身《こんしん》の一撃を回避《かいひ》する。

剣を引き抜こうとこだわっていれば、おそらく間に合わなかったはずだ。

だが、命のやり取りのさなかに命綱《いのちづな》とも言うべき剣を手放すなど、尋常《じんじょう》な判断力ではない。

ズンッ！

「がっ⁉」

ついでみぞおちに衝撃《しょうげき》が疾り、息が詰まる。

痛い、なんてものではなかった。もはや苦しい、である。

もはや立っていることさえできず、その場にうずくまる。

「はあはあ……最後のはひやっとしたぞ、ヨルゲン」

上からラスムスの声が降ってくる。

もう身体が動かない。

だが悔《く》いはない。

死を賭《と》した一撃さえ届かなかったのだ。

そんな相手に敗れて死ぬならば、武人としての本懐である。

「ふんっ」

「ぐっ」

肩に突き刺《さ》さった剣を引き抜かれる。

ついで顎《あご》を蹴り上げられ、ヨルゲンは地面に大の字になる。

「最後になにか言い残すことはあるか？」

「ない。さっさとやれ」

「そうか。ヴァルハラでまた会おう。さらばだ」

冷たく言い捨て、ラスムスは剣を振り降ろす。

――はずだった。

ヒュンッ！

風切音とともに、一本の矢がラスムスがそれまでいた場所を貫《つらぬ》く。

二の矢、三の矢と降り注ぎ、

「ちぃっ！」

舌打ちとともに、ラスムスは後ろに飛び退《の》く。

崖《がけ》の上に、《狼《おおかみ》》の旗がたなびいていた。

その旗の下に立つのは、まだあどけなさの残る金髪碧眼《きんぱつへきがん》の少年である。

そしてその後ろには、数百人からの軍勢が付き従っていた。

「ちぃぃぃ、伏兵か。ヨルゲン、勝負は預けたぞ。いずれまた戦場で会おうぞ！」

言って、ラスムスと《角《つの》》軍は疾風《しっぷう》のごとく戦場を離脱《りだつ》していく。

実に見事な引き際であった。

側面、そして高所を取られた段階で、不利は明らかである。

それを即座《そくざ》に認め、適切な判断を下せるあたりは、非凡《ひぼん》と言わざるを得ない。

後少しでも判断が遅《おく》れていれば、《角《つの》》の被害《ひがい》は甚大《じんだい》なものになっていたはずだ。

さすがは三炎筆頭、武芸の腕《うで》だけでなく、大した判断力だった。

全てにおいて、完敗と言うしかなかった。

だが、負けっぱなしは、ヨルゲンの性には合わない。

「この借りはいずれ返す」

空を見上げつつ、雪辱《せつじょく》を心に誓う。

以後、二人は好敵手として戦場や、時には外交の場で何度も鉾《ほこ》を交えることになる。

そして、やがては飲み友達になって笑い合う関係にまでなるのだが、そんなことは今の彼には想像すらできぬことだった。


「ご無事でよかったです、ヨルゲンの叔父貴《おじき》」

戦も終わり、肩の応急手当をしていると、先程の金髪《きんぱつ》の少年——ロプトが声をかけてきた。

まだ一八歳だったたか。

顔だちにはまだ幼さが残るが、その奥《おく》にはやはりこちらを観察するような冷たさが宿る。

「ああ、おかげで助かった。だが、なぜ君がここにいる?」

《狼《おおかみ》》軍は、すべてイアールンヴィズに向かったはずだった。

こんなところにいるのは、明らかにおかしい。

「一日だけ、ここに留《とど》まることを父に許してもらいました。ヨルゲンの叔父貴の思考、伝え聞くラスムスの思考、それらを計算すれば、おそらくここで戦になる可能性が高い、と判断しまして」

「なっ……⁉」

唖然《あぜん》として、言葉が出なかった。

あっさりとロプトは言ったものだが、とんでもないことである。

つまりヨルゲンも、ラスムスも、この少年の手のひらの上で動いていた、ということだ。

いや、下手すれば《角《つの》》軍の総司令官にして《角《つの》》の宗主フルングニルですら。

恐ろしいまでの戦略眼の持ち主、と言わざるを得なかった。

(上には上がいる、な)

ヨルゲンは大きく嘆息する。

若い頃《ころ》は、自分が英雄《えいゆう》になることを信じて疑わなかった。

だがもう、ヨルゲンのプライドはズタズタである。

(これがエインヘリアル、か)

つくづく思い知る。

自分は所詮、凡人《ぼんじん》でしかないのだ、と。

彼らのような戦場の花形にはなれない。

どうあがいても、なれない。

それがもう、いやというほどわかってしまった。

この殿をもって、ヨルゲンは英雄としてイアールンヴィズに凱旋《がいせん》する。

だが皮肉なことに、まさにこの日、彼の中で英雄の夢は砕けて散ったのだ。


それからはまさに苦難の日々の連続だった。

領土はかつての三分の一ほどまでに縮小し、東西の圧迫《あっぱく》に《狼《おおかみ》》の命運はもはや風前の灯《ともしび》かと思われた。

決して口にはしないが、誰《だれ》もが絶望していた。

《狼《おおかみ》》は終わりだ、と。

このまま自分たちは滅《ほろ》びるのだ、と。

だが、そんな自分たちの前に現れたのだ。

救世主が。

彼こそが、まさに真の英雄だった。

年甲斐《としがい》もなく、わくわくした。

彼を支えるために、自分は生を受けたのだと今も信じている。
ブルーノにも心から感謝していた。
彼の下での修行《しゅぎょう》の日々がなければ、きっと自分は埋《う》もれていただろう。
そんな日々も、今はもう遠い。
ファールバウティも、ブルーノも、スカーヴィズも、ラスムスも。
そしておそらく、ロプトも。
皆《みな》、ヴァルハラへと旅立ってしまった。
自分だけがみっともなくも生きながらえてしまった。
彼《かれ》らのように華々しく散りたかった、と思わないでもない。
だが、生きながらえた分、彼らへの土産話《みやげばなし》もある。
だから死は怖《こわ》くなかった。
それをヴァルハラで話してやるのが、今から楽しみだった。

ACT 4

「メギドの戦いから、ちょうど今日で五年か。なんか、あっという間だな」

イアールンヴィズ商会の旗艦《きかん》ノアの船長室で、ノゾムは感慨深《かんがいぶか》げにつぶやく。

あれから色々なことがあった。

楽しいことが基本的に多かったが、辛酸《しんさん》を舐《な》めたことも少なくなかった。

それらの経験全てが、ノゾムの財産である。

一番の財産は、エフィーリアとの間に生まれた子供だが。

「あの時から比べれば、少しはマシになったと思いたいところだが、まだまだだよなぁ」

天井《てんじょう》を見上げながら溜息《ためいき》をこぼす。

この五年、自分なりにがんばってきたつもりだ。

そこそこしっかり、成長もできたと思う。

だが、父の背中は近づくどころか、むしろ遠のいたように感じる。

成長すればするほど、距離の開きを痛感させられるのだ。

実際、父は十四歳《さい》の時に衰亡《すいぼう》の危機にあった《狼《おおかみ》》の氏族を救い、それから三年で大国にまで育て上げたという。

ノゾムももう二〇歳である。なのに一四の頃の父にさえ追い付けていない。

一生をかけても、一七の父にも届くまい。

自分の無力さが、つくづくいやになる。

「相変わらず、自分に厳しいですね、兄上は」

仏頂面《ぶっちょうづら》でのたもうたのは、一つ年下の弟のアーネスである。

勇斗《ゆうと》とリネーアの息子《むすこ》で、現在イアールンヴィズ商会の金庫番として辣腕《らつわん》を振るう存在だった。

ちょうど今日は、商売の相談に乗ってもらっていたところである。

「そういうとこ、父上によく似ています」

「どうせならお前みたいに頭の良さとか視野の広さを受け継ぎたかったぜ」

じとっと嫉妬《しっと》がましい視線で弟を見つつ、はあっとノゾムは嘆息する。

アーネスは身体能力的にはひ弱で運動音痴《おんち》なところはあるが、とにかく頭の回転が速く機転が利《き》くのだ。

それはノゾムが最も欲《ほ》しい力であり、内心羨《うらや》ましい限りだった。

「気持ちはわかるぞ、ノゾムの兄者。わたしも鷹《たか》から生まれた鳶《とび》だからな」

うむうむと頷《うなず》いたのは、妹にして参謀《さんぼう》その二のウィズである。

母であるジークルーネは先々代の『最も強き銀狼《マーナガルム》』であり、ユグドラシル戦役《せんえき》では数多《あまた》の武人を討ち取っている剛《ごう》の者なのだが、ウィズの運動神経は良くもなければ悪くもない。

いや、幼い頃はけっこう鍛錬《たんれん》に勤《いそ》しんでいたことを思えば、むしろ悪いほうか。

「だが、親子といえど結局は他人なのだ。ノゾムの兄者には、ノゾムの兄者の良さがある」

「俺《おれ》の良さ、ねぇ？　例えば？」

「……ふむ、皆に好かれているところだな」

「ああ、確かに兄上は、皆から愛されていますね」

「それ、舐められてるの間違《まちが》いだろう」

ノゾムは眉《まゆ》をひそめ、不服そうに唇《くちびる》を尖《とが》らせる。

弟や身分が下の者にも、馴《な》れ馴れしい態度で接せられることが多いのだ。

原因もわかっている。自分には厳しさや威厳《いげん》というものが足りないせいだ。

弟のアーネスやシグルドの命令には皆、きびきびと従うというのに、兄である自分の命令ではどこかだらける。

むしろ人の上に立つ身としては欠点にしか思えなかった。

「すみません。兄上のそう言うところは正直、面倒《めんどう》くさいです」

「うん、面倒くさい。誉《ほ》め言葉は素直《すなお》に受け取ればいい」

アーネスとウィズが呆《あき》れたように、疲《つか》れたように溜息《ためいき》をこぼす。

自分でも面倒くさいと思うが、どうにもそういう性分《しょうぶん》なのだ。

「ふぅむ、そうですね。兄上、たまには息抜《いきぬ》きでもしてみてはどうです？」

「息抜き？　そんな暇は……」

「暇はなくても作るもの、です」

言いかけた言葉に、アーネスが被《かぶ》せるように言う。

「この五年、兄上が父上に追いつこうと一生懸命《いっしょうけんめい》打ち込んできたことを、私たちは知っております。ですが、少し仕事にのめりこみすぎかと」

「うんうん」

同意するように、ウィズも頷く。

「はあ？　つったって、俺ががんばらねえと……ん？　ウィズ、何書いて……」

「ほら見て」

バッとウィズが、すぐ目の前にパピルスを突きつけてくる。

「見てって、こんな近すぎたら見えねえよ」

ノゾムはパシッと奪《うば》ってそれに目を通す。

『馬鹿が見る豚《ぶた》のケツ』

「喧嘩《けんか》売ってんのか、てめえ！」

思わず床《ゆか》にパピルスを叩《たた》きつけようとするも、空気抵抗《ていこう》に遭《あ》ってひらひらと舞《ま》う。

それがまたノゾムのイライラを加速させる。

「うん、読めたみたいだね」

ウィズの平然とした態度も、ムカつく。

「確かに俺はお前らほど賢《かしこ》くねえが、文字ぐらい読めるわ」

「え？　でもさっき読めなかったよね？」

「は？　さっきっていつだよ⁉」

「目の前に突《つ》き付けた時」

「だからそれは、近すぎて……」

「そう、つまりそういうこと」

「んん？」

思わずキョトンとなるノゾム。

ウィズは時々言ってることが難解で、よくわからなくなる。

苦笑《くしょう》とともにアーネスが割って入り、

「近すぎる、つまり、のめり込みすぎてると視野が狭《せば》まって見えないものがある、とウィズは言いたかったのでしょう」

「うむ」

我《わ》が意を得たりと、ウィズが満足げに頷く。

あれでよくわかるなとアーネスに感心しつつも、やれやれとノゾムは溜息をつく。

「言葉が足りなすぎるわ。最初からそう言え」

「このほうがわかりやすいかと」

「いや、わかりづれえって」

「そう？　でも、体感には落ちたでしょ？」

「……む？　まあ、それはそうかもだけど……」

しぶしぶといった感じでノゾムも認める。

確かに、仮にアーネスの翻訳《ほんやく》してくれた言葉を最初に言われたとしても、おそらく自分は反発してほとんど聞く耳を持たなかった気がする。

近すぎると物の全容がまったく見えない。

それをまず体感させられたからこそ、言葉がストンと落ちたところはあった。

（敵《かな》わねえよなぁ、やっぱ）

一見、天然でちょっと不思議ちゃんなところがあるウィズではあるが、物事の核心《かくしん》を見《み》抜《ぬ》く目がズバ抜けている。

むしろ核心に至るのが早すぎるからこそ、他と会話がズレるのだ。

運動神経はともかくとして、やはり彼女《かのじょ》も父母の優《すぐ》れた智慧《ちえ》を受け継いでいることを痛感させられる。

（それに比べて、俺はやっぱ凡人だよなぁ）

器用貧乏《きようびんぼう》とでも言おうか、どれもそこそこには出来るのだが、他の兄弟たちに比べて突き抜けたものが何一つない。

こんなこと、考えたところで益はない。

そうわかってはいるのだが、劣等感《れっとうかん》に苛《さいな》まれるのだ。

「ほら、また塞《ふさ》ぎこんでる」

ウィズに眉間《みけん》を人差し指でグリグリされる。

自分は相当、顔に出やすいらしい。こういうところが上に立つ者として……ってまさにこの思考回路がよくないのだろう。

「ふむ、そう考えると案外、ちょうどいい機会なのかもしれませんね」

ポンッと手のひらを拳《こぶし》で打ちつつ、アーネスが思いついたように言う。

「ん？　何がだよ」

「ほら、父上が次の航海で新都タルシシュを視察してこいって言っておられたでしょう？」

「ああ、そう言えばそんなこと言ってたな」

一家総出で夜逃《よに》げしてから、はや五年が経《た》つ。

あっちでは死人ということになっているので、そう頻繁《ひんぱん》に顔を出すわけにもいかない。

とは言え、物心ついたころから暮らしてきた故郷である。

友人もいる。学友もいる。元々は、自分が継ぐつもりだった国でもある。

ずっと気にはなっていた。

「のんびり里帰りがてら、今のタルシシュを皆で観光でもしてみてはどうでしょう？　仕事抜きで」

「いや、仕事抜きって、それはさすがにどうかと」

「ほんとそういうとこが頭固いな、ノゾムの兄者は」

「むっ」

「そんな肩肘《かたひじ》張《は》ってちゃわからないことってのがある。ブルース・リー曰《いわ》く『考えるな、感じろ』というやつだな」

「ふむ。深いな」

ウィズの格言に、アーネスが深々と相槌《あいづち》を打つ。

深慮遠謀《しんりよえんぼう》を地で行くようなアーネスが頷くことが意外ではあったが、実際ノゾム自身、ウィズの格言になるほどと唸《うな》る部分があった。

確かに自分は、頭で考えすぎているところがある。

『もっと肩の力を抜け』

勇斗をはじめ、多くの先人たちから指摘《してき》されていることでもあった。

「……そうだな、たまには息抜きも必要、だな。慰安《いあん》旅行と洒落込《しやれこ》むか」

こうしてノゾムたち一行は、懐《なつ》かしの故郷タルシシュへと向かうこととなった。

だがそれは必然か偶然《ぐうぜん》か、彼らの今後の運命を大きく変えることになる。

タルシシュ――

二一世紀においてイベリア半島と呼ばれる地域の南端《なんたん》付近に位置する、《鋼《はがね》》の新都である。

湿地帯《しっちたい》であり、泥《どろ》の入手も容易な為《ため》か、ユグドラシルや四方領域同様、街並みには日干し煉瓦《れんが》製の家々が立ち並ぶ。

五年前は市には多くの人間が行き交《か》い、活気に満ちていたものだが――

「なんか随分《ずいぶん》と、みんなの顔が暗いな」

街中を歩きつつ、ノゾムはむうっと眉間にしわを寄せる。

一応、《鋼《はがね》》内では死んだことになっているので、付け髭《ひげ》にかつらと変装している。

「まったくだな、バベルは何をやっている」

隣《となり》では精悍《せいかん》な顔つきの金髪の少年が、ブスッとした顔で現《鋼《はがね》》の大宗主《レギンアーク》を非難する。

ファグラヴェールの息子で、名をシグルド。

一六歳という若年《じゃくねん》ながら、親衛騎団《ムスッペル》の副団長で、剣《けん》の腕も冴《さ》え陣頭《じんとう》指揮能力も高い逸材《いつざい》である。

ヒルデガルドの後を継ぐのは彼であるともっぱらの評判の弟だった。

地味に彼もノゾムの劣等感を煽《あお》る存在なのだが、今はあえて考えない。

「あれどう見ても聖塔《フリズスキャールヴ》……だよな？」

「だな。なんでまた新築してんだか」

シグルドの問いかけに、ノゾムも顔をしかめる。

その視線の先にあるのは、上部がずいぶんと不揃《ふぞろ》いで未《いま》だ建築中と思《おぼ》しき建築物である。

聖塔《フリズスキャールヴ》とは、天に最も近いところで祈《いの》りを捧《ささ》げるというのが本来の建築目的であるのだが、民衆や他国からの来訪者に自国の威信《いしん》を見せつける意図も少なからずある。

勇斗の治世の間も、民衆の心の拠《よ》り所《どころ》として小規模のものを建築してあったはずだが、今彼らの眼に映るそれは、現時点でもその倍以上の威容《いよう》であった。

「それに……なんだこの趣味《しゅみ》の悪い銅像は」

呆れかえったようにシグルドが見上げているのは、人の三倍ほどの大きさを誇る巨大《きょだい》な像である。

右手には槍《やり》を構え、左手には人の首を持っている。なんともグロテスクな像だ。

「これ、どう見てもバベルか？」

「首のほうは父上……だな」

「自己正当性の強化って意図はわかるんだが、あんまり気持ちいいものじゃないな」

「ほんとにな」

ノゾムとシグルドもなんとも呆れた顔で苦笑いを浮《う》かべるしかない。

どちらの顔にも、きちんとその面影《おもかげ》がある。

理由はわかるし、仕方ないのもわかるのだが、さすがに実の父がこうも辱《はずかし》められていると、もやっとしてしまう二人である。

シグルドが忌々《いまいま》しげに顔をしかめ、吐《は》き捨てる。

「統治をしっかりやってくれてるなら百歩譲《ゆず》って仕方ないと言ってやってもいいが、熱心なのは自己顕示《けんじ》ばかりか」

武人であるシグルドは、数いる兄弟の中でも一、二を争うほどの軍神スオウユウトの信者なのだ。

尊敬する父を貶《おとし》められ、すっかり頭に血が上ったらしい。

「潰《つぶ》してしまうか」

「待て待て」

剣呑《けんのん》な気配とともに物騒《ぶっそう》なことを言い出したシグルドを、ノゾムは慌《あわ》ててがしっと羽交《はが》い締《じ》めにして止める。

一人では止まらないのでそばにいたルング（フェリシアの子）も前から押さえつけにかかる。

相変わらず、父親のこととなると歯止めの利かない弟である。

「そういうとこ、わたしより母上に似てるな、シグルドは」

ウィズがクスリと楽し気に笑《え》みをこぼす。

確かに彼女の母ジークルーネも、普《ふ》段《だん》は何事にも淡々《たんたん》としているのに、勇斗のこととなると沸点《ふってん》が極端《きょくたん》に低いところがあった。

「師匠《ししょう》の思想を受け継《つ》ぐのは弟子《でし》の務めだろう」

ウィズの言葉は半分皮肉だったのだが、シグルドは至極《しごく》真面目な顔でうなずく。

こういうところも、師匠であるジークルーネに似ている。

「まあ、気持ちはわからんでもないが、落ち着け。後先考えず突っ走るな。統治者を潰せば、被害は民に行く」

「むっ」

ノゾムの言葉に、抗《こう》するシグルドの力が緩《ゆる》む。

どうやら多少なりとも我に返ってくれたらしい。

思わずホッとする。シグルドに本気で暴れられたら、ノゾムとルングの二人がかりでも正直厳しい。

「とりあえず、ヨルゲン殿《どの》に詳《くわ》しい話を聞いてみようよ」

「そうだな。どうせ挨拶《あいさつ》にも行かないとと思っていたところだ」

ルングの提案に、ノゾムも頷く。

ヨルゲンは先代の《鋼《はがね》》大宗主《レギンアーク》・勇斗の腹心であり、老齢《ろうれい》だったこともありこの地に残ったバベルの後見人兼《けん》相談役とも言うべき人物だ。

所詮、自分たちはもうこの地では余所者《よそもの》だ。自分たちの主観だけで決めるのは早計というものだろう。

内情をよく知っているであろうヨルゲンの話をぜひ聞きたいところであった。

「おおっ！　ノゾム様！　ルング様！　ウィズ様！　アーネス様！　シグルド様！　お久しぶりでございます！」

タルシシュから東へ徒歩でしばらくのところに、元《狼》《おおかみ》宗主《パトリアーク》ヨルゲンの屋敷《やしき》がある。

ノゾムたち一行が訪《おとず》れると、ちょうど庭で散歩していたヨルゲンと目が合い、彼は破顔《はがん》一笑《いっしょう》で出迎《でむか》えてくれた。

「ヨルゲン！　まだまだ元気そうじゃないか！」

ノゾムも笑顔《えがお》になって駆《か》け寄り抱《だ》きつく。

今年六五歳になるヨルゲンだが、まだまだ背中も曲がっておらず、かくしゃくとした様子である。

それがただただ嬉《うれ》しかった。

「ヨルゲン殿、お久しぶりです」

「じぃ、おひさ」

「ヨルゲン殿、未だ壮健《そうけん》なようでなによりです」

「よかった。全然元気そうじゃないか」

ルング、ウィズ、アーネス、シグルドも次々と挨拶を交わす。

皆、その顔は嬉しそうである。

それも当然だった。

勇斗も美月《みつき》も基本、この世界には父母はない。ノゾムたちにしてみれば、ヨルゲンこそがまさに祖父のようなものだったのだ。

「うむうむ、皆さま、大きゅうなられましたなぁ。そのお姿を拝見でき、このヨルゲン、望外の喜びでございます。もういつヴァルハラからお迎《むか》えが来ても心残りはございませぬ」

「おいおい、まだそんなこと言うのは気が早いぜ。俺に子供がいるって言っても心残りはないか？」

「っ⁉　な、なんですと⁉　ど、どちらに⁉」

「あ〜、今回はまだちょっと小《ち》っちゃいから連れてこれなかったけどよ。もう少し大きくなったら連れてくるから、もうしばらく元気でいてくれよ」

「むぅ、ふはは、それを聞いては、確かにまだ死ねなくなりましたな」

ヨルゲンが楽し気に相好を崩《くず》す。

人間、これぐらいの年になると、変に満足するとぽっくり逝《い》ってしまうなんてことも十分にあり得る。まだ死ねない。そう思ってくれたなら、何よりだった。

「して、親父《おやじ》殿《どの》はいずこに？」

ヨルゲンがきょろきょろと周囲を見回す。

彼にとって親父殿と呼ばれる男は、周防《すおう》勇斗ただ一人である。

「あー、親父《おやじ》はケメトのトトメス三世の結婚式《けっこんしき》に出席中だ」

ノゾムは肩《かた》をすくめて返す。

オリエントの大国からの正式な招待である。

さすがに拒否《きょひ》するわけにもいかず、出向くことになったのだ。

本人はそれすらノゾムに任せようとしたが、さすがにまだまだそれは自分には格が足りなさすぎると辞退させてもらった。

「なるほどなるほど。それは致《いた》し方《かた》ありませんな。それでも、便りを出してすぐに、名代《みょうだい》のノゾム様に来て頂けるとは有難《ありがた》い」

「便り？　なんのことだ」

キョトンとノゾムは問い返す。

そんな話はまったくの初耳だったのだ。

横目でルングに問いかけるも、彼も小さく首を横に振《ふ》る。

彼も知らなかったらしい。

「おや、お聞きではない？　ふむ、なるほど。おそらく先入観抜きで見てもらいたかったのでしょうな」

「先入観？　……あー、そういうことか。親父も人が悪いな」

チッとノゾムは舌打ちする。

先入観というものは、存外厄介《やっかい》なものだ。

わかりやすいところで言えば美術品だろう。

金貨百枚の価値があると言われれば、子供の落書きが天才の仕事に見えたりもするし、逆に銅貨一枚と言われれば、本来金貨百枚の価値のある品もガラクタに見えたりする。

そういうものを取っ払《ぱら》って見て欲しかったのだろう。

今のタルシシュの現状を。

「それで、どうでしたかな？　先に見て参られたのでしょう？」

「ああ。この五年の間に、随分と酷《ひど》くなってた。何があった？」

厳しい顔付きで、ノゾムは問う。

あの光景は、飢饉《ききん》があったとか、交易がうまくいかなかったとか、そういう類のものではなかった。

民を安んじる政治ではなく、私利私欲に走った政治が横行していた。

「あれは、親父が興《おこ》し創ろうとした国じゃあない」

きっぱりとノゾムは切り捨てる。

別に、王は民の為に滅私《めっし》奉公《ほうこう》するべしなんて綺麗事《きれいごと》を言うつもりはない。

多少は王が民より裕福《ゆうふく》な暮らしをするぐらいは、全然かまわないと思う。

それを否定する方が現実的ではなく、政治が歪《ゆが》む。

だが、今のタルシシュはそれを差し引いても、酷すぎる。

そう言わざるを得ない。

「然《しか》り。全ては私の見る目のなさ、不甲斐《ふがい》なさゆえでございます」

深々とヨルゲンは頭を下げる。

その顔には後悔《こうかい》と申し訳なさがありありと滲《にじ》む。

「転機はそう、三年前でした……」

《鋼《はがね》》第二代大宗主《レギンアーク》バベルの統治は、最初の一年は何の問題もなく、むしろ順調だった。民たちは魔王《まおう》スオウユウトの討伐《とうばつ》を心から歓喜《かんき》し、英雄バベルという新たな王を祝福とともに迎え入れた。

バベルもまた後見人たるヨルゲンの意見をよく聞き、政務に励《はげ》んでいた。

このまま上手《うま》くいくと思われたが、はや二年目には歯車は軋《きし》み出した。

バベルは彼なりに頑張《がんば》ってはいたとヨルゲンは言う。

だが、一向に暮らしの質が向上しないことに、民たちは不満の声を上げ始めた。

そんな民にバベルもまた失望し、不満を覚え、やがて嫌悪《けんお》を抱くようになっていった。

三年目にはバベルは口うるさく諫言《かんげん》するヨルゲンを少しずつ遠ざけるようになり、聞き心地の良い言葉ばかり言う者たちばかりを側に置くようになった。

「思えばこの時、親父殿に相談を持ち掛《か》けるべきだったのでしょうな」

天井を見上げ、過去を自嘲《じちょう》するようにヨルゲンは呟《つぶや》く。

ヨルゲンはユグドラシル時代、若い力が困難に打ち克《か》ち、著《いちじる》しい成長を遂《と》げていく様を幾度《いくど》となく見てきてもいる。

もはや還暦《かんれき》も過ぎた自分がいつまでも政治に口を出すのはよろしくない、後は若い者たちがなんとかするだろう、そう楽観的に考えていたらしい。

だが結果はと言えば、悪化の一途《いっと》を辿《たど》るのみだった。

バベルは民から搾取《さくしゅ》するようになり、民ではなく自分や佞臣《ねいしん》にだけその富を分け与《あた》え、贅沢《ぜいたく》するようになった。

自らの権勢を顕示《けんじ》するように、自らの銅像を各地に建て始め、民を酷使《こくし》して巨大な聖塔《フリズスキャールヴ》の建築を始めた。

事ここに至り、ヨルゲンも悟《さと》る。

その豪放磊落《ごうほうらいらく》な気質に王の器を感じたが、それは錯覚《さっかく》であった、と。

この者に、王たる資格はなかったのだ、と。

「さりとてこの老骨にはもはや政権を転覆《てんぷく》させるような力はなく、後顧《こうこ》を任された身としては恥《は》ずかしく、また情けなく思いながらも、親父殿に助けを請《こ》うた次第《しだい》でございます」

「そうか。お前ばかりに苦労を背負わせてしまうことになり、本当にすまなかった。親父の代わりに謝《あやま》らせてくれ」

頭を下げるヨルゲンに、ノゾムも深々と頭を下げる。

本来であれば、バベルへの政権移行時点で、ヨルゲンは隠居《いんきょ》していてもおかしくない年だったのだ。

だが他に後見人を任せられる者もおらず、無理を言って引き受けてもらったのである。

その労をねぎらいこそすれ、責めることなど、とてもできなかった。

「ノゾム様、勿体《もったい》ないお言葉でございます」

「事情はだいたいわかった。すぐに親父に知らせ対策を取ってもらうよう進言しよう」

ノゾムも力強く請《う》け負う。

万が一にも勇斗がこの国を見捨てるなどということはないとわかってはいるが、仮にそうだったとしても、自分がどうにかする。

その覚悟《かくご》を持っての言葉だった。


「現状はそんな感じか。それは捨て置けないな」

キクラデス諸島の拠点《きょてん》に戻《もど》り事の報告を終えると、勇斗は口元を押さえつつ難しい顔で唸った。

そろそろ四〇近い年齢《ねんれい》のはずだが、まだまだ二〇代で通用するほど見た目は若々しい。

大宗主《レギンアーク》の座を離《はな》れてからは、ストレスから解放された悠々自適《ゆうゆうじてき》の生活を送っているからかもしれない。

「ああ、このままバベルには《鋼《はがね》》を任せておけねえ。俺にできることならなんでもする。

手伝わせてくれ」

ノゾムはずいっと前のめりに詰《つ》め寄る。

やはり母国があんなことになっているというのは、胸が痛む。

なんとかしたいという強い義憤《ぎふん》が、彼を突き動かしていた。

「ふむ。お前の言う通り、早急《さっきゅう》になんとかせねばならんのは確かだ。だが、バベルを倒《たお》せば片がつく、なんて単純な話でもない」

「わかっている。倒すだけじゃ、余計に国が乱れるだけ、だろ？」

ノゾムの言葉に、勇斗もうむと頷く。

バベルは暴君である。

彼に統治される民が幸せだとは、露《つゆ》ほども思わない。

だが、一方で彼は、他を寄せ付けぬ『強き王』ではあった。

現在、ルーンを発現した最も若い男であり、それはすなわち最後のエインヘリアルでもある。

能力的にも、まさに一騎当千《いっきとうせん》と呼ぶに相応《ふさわ》しい卓越《たくえつ》した武勇を誇《ほこ》る。

彼が王として君臨しているからこそ、彼を恐《おそ》れ国がまとまっていると言えた。

もし今、彼がいなくなれば、おそらく各地の宗主が自分こそが次の大宗主《レギンアーク》だとこぞって名乗りをあげ、群雄割拠《ぐんゆうかっきょ》の戦乱が勃発《ぼっぱつ》しかねない。

それは暴君が支配する世界よりも何倍も、人々を不幸にする。

それではより混乱を招くだけで、意味がない。

ノゾムとてもう子供ではない。そのあたりのことは重々承知していた。

「……俺じゃ、俺じゃ無理か？」

言ってから、自分で「えっ？」とびっくりしてしまう。

まったくの無意識から、気が付いたら出ていた言葉だった。

おいおい、何口走ってるんだよ⁉　お前みたいな未熟者が王になりたい？　どの口が言う？　身《み》の程《ほど》を知れ。

次々と自分を責める言葉が脳裏《のうり》に思《おも》い浮かぶ。

「…………」

勇斗が呆然《ぼうぜん》とした顔でこちらを見ていた。

やはり自分ごときがおこがましかったかと、恥ずかしくなる。

「わ、わかってるって。俺じゃまだまだ力不足だってことは！」

慌てて言い訳するように付け足す。

身の置き場がなくて、穴があったら入りたいとはまさにこのことだった。

そう、それぐらい恥ずかしくて恥ずかしくて仕方ないのに、

「ただ、なんとかしたくて……俺にできることなら何でもやりたいんだ」

口は勝手にべらべらと回る。

「もちろん、実力が足りないのはわかってるんだ。それは努力する。死《し》に物狂《ものぐる》いでやる」

こんなのはガキの戯言《たわごと》だってわかっているのに、口が止まらない。

想《おも》いが膨《ふく》らんで、決壊《けっかい》したようにあふれだす。

一度は諦《あきら》めた。

自分はかの地を離れざるを得なかったから。

死んだことにしなければならなかったから。

あの時の自分には、まだまだ力が足りなかったから。

だが、今のタルシシュの現状を見ると、一度心の底に沈《しず》めたはずの想いがふつふつと沸《わ》き上がってくる。

ノゾムはもう、あの時のようなガキではない。

イアールンヴィズ商会の若旦那《わかだんな》として、人の使い方、人の心の機微《きび》、上に立つ者の振る舞い方、他にも多くのことを学んだ。

至らなさは自覚がある。父の域にもリネーアの域にも自分はまだ及《およ》ばない。

だがそれでも、バベルよりはもっとましに国を治められる。

その程度には、自負があった。

「だから、だから頼《たの》む。あの国の未来を、俺に任せてくれないか」

じっと勇斗の目を見据《みす》え、真摯《しんし》に言葉を紡《つむ》ぐ。

もう自分の心に嘘《うそ》はつけなかった。

他の誰《だれ》でもない、自分のこの手で守りたかった。

生まれ育った故郷を。

父が築いたあの国を。

「どうやら本気みてえだな」

勇斗もフッと苦笑じみた笑みを浮かべる。

ぼりぼりと頭を掻《か》き、

「ったく、わざわざ自分から面倒しょいこもうとか、お前もたいがい物好きな奴《やつ》だな。このイアールンヴィズ商会の二代目として、悠々自適に暮らせただろうに」

なんとも同情じみた溜息をこぼされる。

その姿にノゾムも思わず苦笑する。

父勇斗にとって王の立場というものは、比類なき天賦《てんぷ》の才を持ちながらも、ただただ嫌《いや》で嫌で仕方のなかったものだったのだろう。

宗主など無理やり背負わざるを得なかったものであり、少しでも早く解放されたい重荷でしかなかったのだ。

実際、王の立場から離れた勇斗は表情の険も目に見えてなくなり、日々心から楽しそうに笑っている。

そんな厄介なものを、わざわざ自ら背負おうというノゾムが、それはそれは奇異《きい》に映ったらしい。

(けど、俺にとっては憧《あこが》れなんだよ)

こっ恥ずかしくて口に出しては絶対に言うつもりはないが、それがノゾムの嘘偽《うそいつわ》りなき本心だった。

働く父の姿を格好《かっこ》いいと幼心に思い、ずっと無意識のうちに目指し、追いかけ続けてきたのだ。

この父の背中を見て、自分を鍛《きた》えてきたのだ。

こんな漢になりたい、と。

「……俺じゃあダメか？　まだ力不足か？」

この言葉を口にした瞬間《しゅんかん》、ノゾムはギュッと心臓が締《し》めつけられるような気がした。

ただ、怖《こわ》かった。

他の誰でもない親父に否定されたくなかったし、なにより認めてほしかったから。

「ふむ」

勇斗はそこでコトリと手に持っていた盃《はい》を置き、ノゾムを見据え――

ズンッ!!

瞬間、空気が氷のように冷たくなり、そして重量が撥《は》ね上がった。

「っ！」

思わず息を呑《の》む。

父の姿が、いつもの倍ほどに大きく見えた。

（これがユグドラシルの半分を征《せい》した覇王《はおう》スオウユウトの本性《ほんしょう》か）

子供に対しては、決して向けられることのなかった貌《かお》だ。

恐ろしいなんてものではなかった。

これに比べれば、ジークルーネの殺気すらかわいらしく感じる。

質としてはトトメスのものに近い。

だが、はっきり言えば桁《けた》が違《ちが》う。重たさも冷たさも比べものにならない！

心が圧《お》し潰されそうだった。

身体中《からだじゅう》の穴という穴から、脂汗《あぶらあせ》が噴《ふ》き出してくる。
正直に言えば、この場から一刻も早く逃《に》げ去りたかった。
（けどこれに耐《た》えなきゃ、俺《おれ》に王たる資格はない！　そういうことだろ、親父！）
眼に力を込《こ》めて、ノゾムは勇斗を睨《にら》み返す。
一五の時だったならば、きっと耐えることなどできなかっただろう。
あの時、トトメスと会っていて、本当に良かったと思う。
その屈辱《くつじょく》があるから、距離《きょり》を痛感したから、必死に我武者羅《がむしゃら》に頑張ってこられた。
その鍛錬《たんれん》の日々が、この凶悪《きょうあく》な圧に抗する力をノゾムに授《さず》けてくれていた。
「ふん、まあ、挑《いど》む資格はあるようだ」
勇斗がニッと口《くち》の端《はし》を緩ませると、それまでの圧が嘘のように掻き消える。
なんとか試験は合格できたらしい。
その言葉からして、おそらく本試験はこれからなのだろうが。

「あら、お帰りなさい」
自分の屋敷に戻るや自室に向かうと、妻のエフィーリアが笑顔で迎えてくれた。

その腕《うで》の中では、一歳《さい》ぐらいの幼児があどけなく笑っている。

幼児の名はシンモラ。ノゾムとエフィーリアの娘《むすめ》である。

「おう、おかえりー」

黒髪《くろかみ》の美女がシンモラの顔から目を逸《そ》らすことなく挨拶してくる。

織田ホムラ。

双紋《そうもん》のエインヘリアルであり、おそらく一個人としては世界最強の座に君臨し続けている女性であり、エフィーリアの親友である。

「いないいない……ばあ！　いないいない……ばあ！」

「きゃははははっ！」

シンモラに対し、ホムラが顔を隠《かく》したり出したりしている。

ホムラはけっこう子供好きで、ノゾムや下の兄弟たちも幼い頃《ころ》からよく遊んでもらったものだ。

今はシンモラにすっかりご執心《しゅうしん》のようである。

シンモラが生まれてからというもの、ずっとこの部屋に入りびたりだった。

そんなに子供が好きなら自分の子を作ればいいのに、と以前聞いたことがあるのだが、

『相手がいない』

とのことだった。

好みとしては、父である織田信長と張り合える男が理想らしい。それ以下とつがいになる気はない、と。

そんな化け物、それこそ世界中を探し回っても勇斗ぐらいしかいないようにノゾムには思えたが、勇斗にはすでに複数の妻がおり、その中の一人に甘《あま》んじるのは矜持《きょうじ》が許さなかったんだとか。

だからこそか、勇斗の子供たちを本当の弟妹《ていまい》のように可愛《かわい》く思っているらしい。

シンモラに至っては、一の弟分と親友の子ということもあって、目の中に入れても痛くないほどの溺愛《できあい》っぷりである。

「よく笑う子だ。きっと将来はエフィ似の愛嬌《あいきょう》のある美人になるな」

つんつんっとぷにぷにのほっぺを突《つ》っつきつつ、ホムラは柔《やわ》らかく微笑《ほほえ》む。

彼女《かのじょ》にはなかなか見られない表情である。

本当にかわいくてかわいくて仕方がないらしい。

「ええ、母親似っぽくてホッとしてますよ」

ノゾムも笑って同意する。

兄弟の中でも一番凡庸《ぼんよう》な容姿の自分に似ては不憫《ふびん》だと思っていたので、ここは本当に良かったと思う。

「うん、それにエフィもシンモラも、元気そうでなによりだ」

帰ってきて、それが一番ホッとしたことである。

出産は、母子ともに一大事なのだ。

産後の肥立ちが悪ければ母親が亡《な》くなることも決して珍《めずら》しいことではないし、子供も七つぐらいまでは死亡率が高い。

二人が健康で生きていてくれることが、本当に有難かった。

「ノゾム、航海中に何かありました？」

不意にエフィーリアがじぃっとノゾムの目を覗《のぞ》き込んできて問うてくる。

「へっ⁉　な、なんでだ？」

心を言い当てられ、ノゾムは思わずキョドってしまう。

「何かわたしに言いたそうな顔をしてますから」

「そんな顔、してたか？」

「はい」

ニコッと聖母のごとき微笑みで返される。

さすがに物心つく前から自分を知っている彼女である。すっかりお見通しらしい。

「へえ、凄《すご》いな、エフィ。ホムラもなんとなく緊張《きんちょう》しているような気配は感じていたが、そこまではわからなかったぞ」

隣ではホムラが目を丸くして感心している。

彼女にも緊張は気取られていたようだ。

この二人には、どうやら隠《かく》し事《ごと》は不可能らしい。

「敵《かな》わねえなぁ」

「ふふっ、それでなんです？　何かあったんですよね？」

「ああ、実は……」

「待て！　わかったぞ、ノゾム！」

覚悟を決めて切り出そうとした矢先、バッとホムラが手で遮《さえぎ》ってくる。

出鼻をくじかれ唖然《あぜん》とするノゾムにホムラは指を突きつける。

「ノゾム、お前、エフィという女がいながら浮気《うわき》したな！」

「は？　はあああっ⁉」

青天《せいてん》の霹靂《へきれき》ともいうべき決めつけに、ノゾムは思わず素《す》っ頓狂《とんきょう》な声をあげてしまう。

だが、ホムラは自説に納得《なっとく》したようにうんうんと頷《うなず》き、

「お前はあのユウトの子だからな。そろそろ他の女が気になりだしたのだろう⁉」

「ノゾム？」

「ち、違う！　絶対に違うぞ！　俺は親父とは違う」

エフィーリアに半眼で睨まれ、ノゾムは慌てて弁明する。

身に覚えなど一切《いっさい》ない。あるわけがない。

ノゾムにとってエフィーリアは何より大事な存在なのだから。

わずかの疑いすら断固として否定せねばならない。

ただそれだけだったのだが、

「違う違うって同じことしか言わないあたりが怪《あや》しいな」

「そうですね、動揺《どうよう》してる感じがします」

「ちがっ！」

「ほらまた出たぞ」

「出ましたね」

「お、俺は生涯《しょうがい》エフィ一筋だ‼」

止まらない疑いの目に、ノゾムは思わず大声で宣言する。

言ってから、気づく。

おそるおそる二人の顔を見ると、ホムラはにまぁっと楽し気な笑みを浮かべていて、エフィーリアも恥ずかし気《げ》に頬《ほお》を染めながらもまんざらでもなさそうな顔をしている。

「やられた……」

ノゾムはがっくりとその場にうなだれる。

惚《ほ》れた弱みというしかないが、エフィーリアへの愛を疑われるとカーッとなって言い返してしまう癖《くせ》がノゾムにはある。

それを時々、クリスティーナやヒルデガルドなどにつけ込まれ煽られ、ついつい恥ずかしい言葉を口走ってしまい、酒の肴《さかな》にされるのだ。

ホムラは今回が初めてだっただけに、完全に油断していた。

酷いじゃないかという視線をエフィーリアに向けると、

「ごめんね。でも、その、言ってもらえるのは嬉しいから」

ぺろっと舌を出して、謝られる。

その仕草がかわいくて、それ以上の追及《ついきゅう》ができない。

できないのだが……

「あー、もう。言う気がそがれた……」

がっくりとうなだれ、それぐらいの嫌味《いやみ》ぐらいは言わないとやってられなかった。

「でも、緊張はほぐれただろう?」

「おかげさまでね！」

ニヤニヤと笑うホムラに、ノゾムは恨《うら》みがましい視線で返す。

ついでエフィーリアに向き直り言う。

「《鋼《はがね》》の大宗主《レギンアーク》になることにした」

「……え〜っとさっきの仕返し？」

エフィーリアが少し考えた後、なんとも判断に困った顔で返してくる。

まあ確かに、普通《ふつう》に考えて有り得ない事態である。

とりあえずノゾムは事の経緯《けいい》を一から説明していく。

「なるほど。そんなことが……」

「へえ、たった五年でなかなか面白《おもしろ》いことになってんじゃん」

エフィーリアは心を痛めたように表情を曇《くも》らせ、一方のホムラはと言えば、対照的に口元を緩ませる。

「あの国は俺の故郷だ。こんな状態で見て見ぬふりはできない。……お前やシンモラには苦労をかけてしま……」

そこまで言い抱《かか》えたところで、口を塞《ふさ》がれる。

エフィーリアの人差し指によって。

彼女はしょうがないなぁといった風に、でもとても優《やさ》しく愛《いと》おしそうに微笑む。

「わたしたちのことは大丈夫《だいじょうぶ》です。あなたはあなたの為《な》すべきことを為してください」

その言葉に、一切の強がりも感じなかった。

改めて、まったく出来た嫁《よめ》だと思った。


いざ方針が決まってからの勇斗の動きは、やはり迅速《じんそく》果断であった。

これまで蓄《たくわ》えてきた財を放出し、四方領域で一〇〇〇名程度の傭兵《ようへい》を雇《やと》い、返す刀でイベリア半島に上陸。

その日の内に疾風《しっぷう》怒濤《どとう》の勢いで近くにあった砦《とりで》の一つを奪取《だっしゅ》してしまったのだ。

野戦が化け物並みに強いことはこの目で見て知っていたが、城攻《しろぜ》めも電光石火の早業《はやわざ》で、ノゾムには正直、何が何だかわからない内に決着がついていた。

「達人《たつじん》の業はもはや、素人《しろうと》にはほとんど魔法《まほう》にしか見えない、か」

呆《あき》れたように、ノゾムはつぶやく。

ジークルーネやヒルデガルドの剣《けん》にも、同様の感想を持ったことを思い出したのだ。

つくづく自分なんかとは桁が違う。

この調子なら遠くない内にタルシシュを奪還《だっかん》してのけることだろう。

そうノゾムが確信を新たにしていると、

「さて、これで俺の仕事は終《しま》いだ。後はお前がやれよ、ノゾム」

「はっ？」

まさしく青天の霹靂とも言うべき言葉を放り投げられ、間の抜《ぬ》けた声が口から洩《も》れる。

初耳もいいところだった。

「ど、どういうことだよ、親父⁉」

「どうしたもこうしたも、大宗主《レギンアーク》になるって言ったのはお前だろ？　俺じゃない。ならお前が国を奪《うば》い返すのが筋ってもんだろ」

びしっとノゾムを指差し、勇斗は言い切る。

まったくの正論ではある。

だがそれでもやはり、不安がこみ上げてくる。

この五年、野盗《やとう》や盗賊《とうぞく》団相手に切った張ったは幾度となく繰《く》り返したが、さすがに軍隊相手は皆無《かいむ》である。

そんなほとんど素人同然の自分が国盗《くにと》り？

しかも、相手は暴君とは言え、勇将と名高かったバベルを相手に、だ。

「そりゃできるもんなら俺がやりてえけどよ。俺じゃあどれだけ被害《ひがい》が出るか、下手すりゃ全滅《ぜんめつ》だってあり得る。俺がやるべきだって筋論はわかるけど、んな綺麗事言ってる場合じゃねえだろ」

筋道を通すのが大事なことも、この五年間、各地で商売をしてきた身なので痛感してはいるが、さすがに物には限度がある。

極《きわ》めて当たり前の話ではあるが、一度失われた命は、もう二度と取り戻すことはできないのだ。

そんな大量の人の命を賭《か》けてまで通す筋などあるわけがない。

そうノゾムは思うのだが、

「むしろ言わなくちゃいけねえ場合だな、今は」

彼《かれ》の訴《うった》えはあっさりと否定される。

「な、なんでだよ!?」

納得がいかずノゾムは問い返すも、

「国を治めるってのが綺麗事じゃねえからだ。力がいるんだよ。こんな時代だからなおさら、な。俺の威《い》を借りて国を治めたところで、先が知れてるだろ」

「うっ……」

　ノゾムは思わずギクッとなる。

　心のどこかで、勇斗の武力を頼《たよ》りにしていたところがあった。勇斗ならあっさりなんとかしてくれるだろう、と。

「何か問題が起きるたびに俺を頼るつもりか？　もう隠居した俺に？」

「そ、それは…………」

　ノゾムはそれ以上、二の句を継《つ》げることが出来なかった。

　勇斗は元々権力を欲《ほっ》していたわけでもないのに、二〇年近くも宗主として十分すぎるほど責任を果たし、今はもうイアールンヴィズ商会の長として悠々自適な日々を送っている。

　そんな人間を自分の都合で、また望まぬ血《ち》生臭《なまぐさ》く権謀術数渦巻《けんぼうじゅつすううずま》く世界に呼び戻すのか？

　父への依存心《いそんしん》を完全に見透《みす》かされていたことに気づき、一気に羞恥《しゅうち》が押《お》し寄せてくる。

「これぐらい俺の力を借りずにどうにかできないようじゃ、どうせ国を乱して無駄《むだ》に民を苦しめるだけだ」

「…………」

　その冷めた目、冷めた口調にノゾムはもはや絶句するしかなかった。

　勇斗の言う通りではあった。

《鋼《はがね》》はユグドラシルの誓盃《せいはい》制度を踏襲《とうしゅう》しており、血縁《けつえん》ではなく、当人の能力を何より重んじる気風がまだ色濃《いろこ》く残る。

力を示さねば、誰もノゾムには従わない。

仮に勇斗の影《かげ》に一時ひれ伏《ふ》したとしても、彼はすでに《鋼《はがね》》では失脚《しっきゃく》した身であり、求心力はほとんどなくなっている。

ノゾムが力を示さなくては、《鋼《はがね》》は四分五裂《しぶんごれつ》し、群雄割拠の戦乱となりかねない。

それはノゾム自身がまさに危惧《きぐ》し避《さ》けようとした、今より酷い時代である。

「この砦は、餞別《せんべつ》代わりにくれてやる。まったく我ながら甘すぎるとは思うが、まあ、親としてこれぐらいはサービスしてやる。だが、こっからは一切、俺は手は貸さん。俺の妻たちも、だ。あいつらは俺のもんだからな」

突き放《はな》すように、勇斗は言い切る。

勇斗の妻と言えば、ルーンを持った有能な者たちがひしめく。

特に戦場では、ジークルーネとファグラヴェールの二人の力は絶大だ。彼女らの力を借りられないのは極めて痛い。

兵士も傭兵が一〇〇〇名程度。敵の一〇分の一にも満たない。

八方塞がりもいいところだった。

なぜここまで意地悪を、と思わなかったら嘘になるが、一方でその意図に気づかないほどノゾムも鈍《にぶ》くはなかった。

「どうする？　それでもまだ大宗主《レギンアーク》になる意志は変わらないか？　今ならまだギブアップしてもいいんだぞ？」

じっとノゾムの目を覗きつつ、問うてくる。

やはり、とノゾムは思う。

おそらくこれが、本試験なのだ。

エインヘリアルの力の元となる《妖精の銅《アールヴキプファー》》は、ユグドラシルでしか採れない。いわば今後、失われてしまう力だ。

勇斗の持つ現代知識は、今後の為《ため》に秘《ひ》匿《とく》しなければならない。

ノゾムはそれら抜きでこの《鋼《はがね》》を治めるしかない。

それができるかどうかを、この戦いの結果いかんで見極《みきわ》めるつもりなのだ、だからこそ、ノゾムは勇斗を睨み返す。

不退転の意志を込めて。

「なってやるさ。あんたの力なんか借りずとも、な」

「んじゃ、武運を祈《いの》る。がんばれよ、おまえら」

ひらひらと手を振《ふ》って、勇斗は旗艦《きかん》ノアに乗り込む。

子供たちからの視線を感じはしたが、あえて後ろは振り返らない。

我《わ》が子を何人も残していくのだ。

心配でないはずがない。

だが、不安というものは伝播《でんぱ》するものだ。これから初陣《ういじん》を迎《むか》える者もいる。悠然《ゆうぜん》と去るのが吉《きち》というものだった。

「お疲《つか》れ様《さま》です。随分《ずいぶん》と思い切った手を打たれましたね」

船内の周防家のプライベートスペースに戻ると、ファグラヴェールが声をかけてくる。

勇斗はふんと自嘲するように鼻を鳴らす。

「そうでもないさ。前もってクリスに色々調べさせ、ノゾムたちだけでも勝機は十分にあると判断して送り出してる」

我ながら過保護だと思わないでもないが、やはり勝機のないところに子供たちを送れるほど、さすがに非情にはなり切れなかったのだ。

「ふふっ、まさに獅子《しし》の子育てですね」

「あん？　どこがだよ」

ファグラヴェールの返しに、勇斗は眉《まゆ》をひそめる。

獅子は我が子を千尋《せんじん》の谷に突き落とすというが、色々お膳立《ぜんだ》てをしている勇斗とはまったくの真逆だと思う。

ファグラヴェールは「え？」と驚《おどろ》いたように目を見開き、

「おや、知りませんか？　獅子をはじめ、肉食獣《にくしょくじゅう》は獲物《えもの》をあえて殺さず弱らせてから子供たちに与え、狩《か》りを学ばせるそうです」

「ん？　ああ、そういえばそんな話、聞いたことがあるな」

「傾《かたむ》きまくった国はまさに、子供たちにとって丁度いいぐらいの獲物でしょう」

「……まあ、そうと言えなくもないな。ふっ、ありがとよ」

勇斗は小さく笑《え》みを浮《う》かべ、謝辞を述べる。

王たらんとする者には、求められるものは多い。その為にも、突き放さねばならないと思いつつも、突き放しきれないことを内心悩《なや》んでいたのだが、おかげで少しだけ心が軽くなった気がした。

「とは言え、戦は戦だ。危険がないわけじゃない。お前らには悪いなって思ってる」

バツが悪そうに、その場にいる妻たちに勇斗は頭を下げる。

自分がやれば、あっさり片はつく。子供たちに危険が及ぶこともないだろう。

あるいはジークルーネやファグラヴェールが力を貸すことを容認《ようにん》するでも、おそらくグッと難易度は下がったはずだ。

戦死する人間の数も、大幅《おおはば》に減るに違いない。

だが、それではこの国の為にも、子供たちの為にもならない。

過保護なだけでは、弱い子になってしまう。

王たる者がそれでは、絶対にダメなのだ。

「問題ありません。みな……ちゃんとわかっております」

ファグラヴェールが室内の女性陣《じょせいじん》へとスッと視線を向けると、妻たちも揃《そろ》って覚悟が定まった顔で頷く。

もちろん、不安がないわけではない。表情に強張《こわば》りがある者が多い。だが一方それでも、現実をきちんと受け入れてもいる。そんな顔だった。

この辺りはやはり、弱肉強食、戦国乱世のユグドラシル育ちといったところか。

二一世紀のように死が遠い世界ではない。

この時代はまだまだ、死がすぐ間近にある世界なのだ。

「ははっ、俺なんかよりよっぽど皆《みな》、腹据《す》わってんな」

「それだけ御館《おやかた》様が慈悲深《じひぶか》いということかと」

「よしてくれ。俺はやっぱり甘いだけさ」

「御謙遜《ごけんそん》を。ただ甘いだけの男が、ユグドラシルの半分を統《す》べられましょうか」

「俺は色々恵《めぐ》まれていたからな」

実力でそれが出来たなどとは、勇斗は欠片《かけら》も思っていない。

現代知識というアドバンテージは極めて大きかった。

なにより、周囲に恵まれたと心から思う。

義父であるファールバウティの薫陶《くんとう》や保護、ロプトの後押《あとお》しがなければ、きっと自分は無駄飯喰《スコル》らいとして一生を終えていただろう。

フェリシアがいなければ意思疎通《そつう》も出来なかったし、ジークルーネやスカーヴィズがいなければ、勝てなかったであろう戦は多々あった。

イングリットなしではやはり現代知識を実用化することもできなかったし、リネーアやヨルゲンがいなければ、政治は実務面で行き詰《づ》まっていたと思う。

ボドヴィッドやその娘のクリスティーナやアルベルティーナがもたらしてくれた諜報《ちょうほう》力も決して無視できない。

そして美月の存在がなければ、過酷《かこく》な現実に耐えかねて、心折れていたと思う。

勇斗が今こうして幸せでいられるのは、ここにいる、そしてもうここにはいない仲間たちのおかげだと、心から思う。

「なるほど、確かに父上には甘さを補って余りある戦の才がありますね」

「そういう意味で言ったんじゃないんだがな」

勇斗は思わず苦笑《くしょう》する。

とは言え、その勘違《かんちが》いを皆の前で訂正《ていせい》するのもさすがに照れくさい。

だから、口に出してはこう言った。

「確かに俺には、自分で言うのもなんだが、将としての才能はあったんだろうな」

我ながら傲慢《ごうまん》な物言いだとは思ったが、過ぎた謙遜《けんそん》はむしろ逆に嫌味である。

あえて少し調子に乗ってみるぐらいのほうが、場が和《なご》んだり、話がスムーズに進んだりするのだと、勇斗もこの年になると学んでいた。

「それに引き換《か》え、ノゾムは顔こそ俺に似ていても、ぶっちゃけ将としてのセンスはねえ。チートも使えねえ。エインヘリアルの部下もいねえ。ほんとないないづくしだな」

自分で突き放しておいてなんだが、正直可哀想《かわいそう》になってくる。

もう少しぐらいは餞別を上げてもよかったのかもしれないと今さらながらに思う。

それでも――

「まあ、あいつなら乗り越《こ》えてくれると俺は信じてるよ。我が子ながら色々凡庸な奴ではあるが、ただ一つ、あいつは『王』として俺に勝ってるところがあるからな」

「ほう、御館様に勝るところ、でございますか？」

ファグラヴェールが意外そうに目を丸くする。

ふと周りを見れば、フェリシアやジークルーネ、リネーアなども少し驚いたように目をぱちくりさせている。

どうやら彼女たちも気づいていなかったらしい。そのことが勇斗には意外である。

勇斗は思わず笑みをこぼす。

「ああ、あいつはあいつで、すげえのを持ってるよ。そいつを活《い》かせれば、この程度の逆境、なんとかするだろうよ」


親の心子知らずというべきか、あるいは子の心親知らずというべきか。

「あーくそ！　威勢《いせい》よく啖呵《たんか》きったはいいけどよ、これ詰みもいいところだろ⁉」

砦内ではノゾムが頭を抱えて悶《もだ》えていた。

その表情は完全に追い詰《つ》められている。

当然と言えば当然だった。

手勢はたかだか一〇〇〇程度。うち親衛騎団《ムスッペル》は一〇〇名ほど、残りは全て傭兵である。

傭兵は戦闘《せんとう》を生業とするだけあって戦闘技術は高いのだが、金の切れ目が縁《えん》の切れ目、期限が来れば容赦《ようしゃ》なくこの地を去るだろう。

領土も辺境の砦が一つのみ。

敵の動員兵力は少なく見積もって一万を超《こ》す。

正直こんな状況《じょうきょう》でいったいどうしろ⁉　だった。

「まあまあ、落ち着きなよ、兄さん」

腹違《はらちが》いの弟のルングが苦笑しながらパンパンっと肩《かた》を叩《たた》く。

なんというか、軽い。

「お前、よくそんなあっけらかんとしていられるな？」

思わずノゾムは嫉妬《しっと》がましい目を弟に向ける。

このどんな時も平常心を保ち余裕《よゆう》しゃくしゃくなところが、心底羨《うらや》ましい。

これぞ大将たる器だと思う。

「まあ、僕は兄さんと違ってなんの責任もないからね」

「そりゃそうかもしれないけど、状況が最悪なことには変わりはねえだろ」

これからノゾムたちが行うのは、まぎれもない戦争である。

負ければ死あるのみなのだ。

自分たちでなく、兄弟も、部下たちも。

「んー、最悪ではないんじゃないかな？　むしろ勝機は十分にあると思ってるよ」

「マジかっ⁉　どこが⁉」

「あの子《こ》煩悩《ぼんのう》な父さんが、子供だけ残してさっさと帰ったところ」

「……へ？　あ～」

言われて、今さらながらにノゾムはハッとする。

父・周防勇斗という男は、厳しいところは厳しいし、要所要所ではきちんと締める男ではあるのだが、基本的に家族や仲間にはことさら甘い男である。

我が子たちを勝算のない場に送り出すはずがない。

そんなことにも気づかないほど、狼狽《うろた》えていたのかとさらに自己嫌悪《けんお》は深まる。

だが一方で、希望も見えてきた。

「つまり、何かしらの勝機はしっかりあるってことか」

「そういうこと」

うんとルングも頷く。

なるほど、彼の余裕の正体はこういうことだったのかと納得する。

「で、その勝機ってのは具体的になんだと思う？」

「さあ」

ルングは両手のひらを天井《てんじょう》に向けて肩をすくめる。

わずかの逡巡《しゅんじゅん》すらなかった。

「一晩考えてみたけど、僕《ぼく》にはさっぱりだ。ははっ」

実にあっけらかんとルングが笑う。

色々考えているようで、何も考えていない。

こういうところは本当に大物だなと思う。

「まったく、揃いも揃ってぼんくらじゃな、兄者たちは」

呆れたように溜息《ためいき》をこぼしたのは、ジークルーネの娘のウィズである。

見上げているのに、見下しきっている、そんな目をしていた。

「なんだよ、じゃあなんかいい案があるのか？」

「当然じゃ」

ドンッとウィズはその母譲《ゆず》りの平たい胸を自信満々に叩き、

「孫子いわく『およそ用兵の法は、国を全《まっと》うするを上と為し、国を破るは之《これ》に次ぐ。軍を全うするを上と為し、軍を破るは之に次ぐ。このゆえに、百戦百勝は、善の善なる者に非ざるなり。戦わずして人の兵を屈《くっ》するは、善の善なる者なり』じゃ」

すらすらとそらんじる。

相変わらずよくそんな隅々《すみずみ》まで暗記していられるものである。

とは言え、ノゾムも一応、孫子は王子の教養として履修《りしゅう》させられているので、意味はわかった。

「つまり、戦うのは愚策《ぐさく》。戦わずに敵を屈させろ、ってことか」

「その通りである」

うむっとウィズが力強く頷く。

なるほど、確かに彼女の言う通りではあった。

一〇〇〇対一万では元よりまともに戦っては勝負にならない。戦わずに敵を崩《くず》すのは上策というか、もうそれしか道はなかった。

「で、具体的にはどうするんだ？」

「へ？」

きょとんとするウィズ。

どうやらそこまではまったく考えていなかったらしい。

「そ、それは〜、その〜……」

途端《とたん》、ウィズは目線をあっちこっちに彷徨《さまよ》わせ始める。

頭でっかちで実践《じっせん》はからっきしなのが、彼女の玉《たま》に瑕《きず》なところである。

まあ、そういうどこか抜けてるところが妹として可愛くもあるのだが。

「ああ、そうか！　その手がありましたか！」

突如《とつじょ》声を発したのは、それまで沈思黙考《ちんしもっこう》していた赤い髪《かみ》に精悍《せいかん》な顔つきの青年である。

彼の名はアーネス。

ルングの一月遅《おく》れの弟、勇斗の三男で、リネーアの息子《むすこ》だ。

「何かいい案を思いついたのか？」

「ええ。兄上の生還《せいかん》を大々的に発表すればいいのです！」

「俺《おれ》の？」

意味がわからず、ノゾムは眉をひそめる。

正直、どこがいい案なのかさっぱりわからなかった。

そんなことをすれば、むしろバベルは全力で潰《つぶ》しに来そうである。それを撃退《げきたい》する策もなしにやるのは、危険が過ぎるように思えた。

「わかりませんか？　やれやれ、兄上にはこれがあるでしょう？」

アーネスが少し呆れたような顔で、スッとノゾムの胸元《むなもと》を指さして言う。

そこには紐《ひも》で吊《つ》るされた円筒《えんとう》型の金印が煌《きら》めく。

ここまで言われれば、さすがにノゾムもピンとくる。

これは義母の形見だと元服の時に勇斗から渡《わた》されたものであり――

「なるほど。神帝《テイウダンス》の威光《いこう》を使うのか」

神帝《テイウダンス》であることを証明するものだった。

ノゾムにとって母親はあくまで美月であり、いまいち実感はなく今も頭の中から抜け落ちていたのだが、確かに設定上はノゾムは神帝《テイウダンス》の血を唯一《ゆいいつ》引く存在なのだ。

「私たちにはいまいちピンときませんが、ユグドラシルの民にとって、神帝《テイウダンス》ってのは特別な存在だったのでしょう？」

「らしいな……」

「ええ、なので丁度いい神輿《みこし》になります」

「神輿、か」

ははっとノゾムは引き攣《つ》った笑いをこぼす。

あまり気分のいいものではない。

だが、兵をかき集めるには有用な手である。

「だが俺は魔王《まおう》スオウユウトの息子でもあるぜ？」

《鋼《はがね》》領内の勇斗の評判は決して良くはない。

　ユグドラシルより生活水準を大きく落としたのはまぎれもない事実であり、そのことで民にかなり恨まれているのだ。

　内情を知るノゾムからすれば、完全なる未開の地で、数十万という民を飢《う》えさせずに食わせ続けたというだけで凄いのだが、その辺りは民にわかろうはずもない。

　そのことに息子として忸怩《じくじ》たる思いはあるが、それが現実ではあった。

「その辺、父上は悪政のツケを払《はら》ってバベルに討《う》たれたということで、もう禊《みそぎ》は済んでいるかと」

「ふむ」

「あと私たちも、父上の罪状を認めたからこそ仇《かたき》を討たずこの地を去った、とかにしておけば、生きてる言い訳が立つのではありませんか？」

「あー、かな？　ただ心理的にはけっこう抵抗《ていこう》があるな」

　嘘《うそ》をつくこと、民の為に尽《つ》くし自ら悪者にもなった父を、あえて悪《あ》しざまに言うというのは、倫理的《りんりてき》にどうかとどうしても考えてしまう。

「私もあるにはありますが、それはそれ、これはこれです。割り切ったほうがいいかと」

　淡々《たんたん》と、そしてきっぱりとアーネスは言う。

その通り、と思うのだが、どうしてももやもやが消えない。この辺りのドライさ、合理性を、やはり羨ましいと思う。

自分には欠けているものの気がしたからだ。

「ふむ、『今はバベルが父スオウユウト以上の圧政を敷《し》き、民を苦しめている。見過ごせない。だから俺たちは戻《もど》ってきた。志ある者は我が下に集え！　今度はバベルがその犯《おか》した罪を償《つぐな》う番だ！』とかどうです？　後は水が高いところから低いところに流れるように、こっちに鞍替《くらが》えしてくる者が出てくると思います」

「よくそんなスラスラ、煽《あお》り文句が出てくるな」

半ば呆れ半ば感心して、ノゾムは苦笑する。

チリッと胸の奥《おく》がざわめく。

この辺りの頭の回転の速さは、正しく父母の血を引いていると思った。

「つーか俺よりお前のほうが大宗主《レギンアーク》に向いている気がするぞ」

こんなことを言うのは格好悪いと、口にしてから気づく。

だが、言わずにはいられなかった。

ノゾムが思うに、アーネスは兄弟の中で最も父である勇斗から王としての才能を受け継いでいると思う。

運動全般《ぜんぱん》はからっきしなのだが、実務能力はリネーアに、軍略はファグラヴェールに、権謀術数《けんぼうじゅつすう》はクリスティーナにそれぞれ師事し、そのいずれからも高い評価を受けている。

頭の出来ではノゾムはアーネスに勝てる部分がまるでなく、どうしても接していると劣《れっ》等感《とうかん》を覚えずにはいられないのだ。

「いや、それはありませんね。大宗主《レギンアーク》に向いているのは、私より明らかに兄上だ」

「そうかぁ？　全然そうは思えないんだがな」

「そう思っているのは兄上だけですよ。大宗主《レギンアーク》は兄上。これは兄弟全員の総意です、そうでしょう？」

アーネスがちらりと視線をルングとウィズに向け問う。

二人も心得たように、うんうんと力強く頷いてくれたのだが……

それがどうにもノゾムには、忖度《そんたく》な気がして、心のもやもやが晴れることはなかった。

「なっ⁉　デリング砦が落ちただと⁉」

起き抜けの伝令からの報告に、男の寝惚《ねぼ》けた頭は一気に覚醒《かくせい》する。

男は年は三〇歳《さい》ほど、精悍な顔つきをしており、頬に横一文字の刀傷が刻まれている。

その目も鋭《するど》く吊り上がり、眉間《みけん》に寄ったしわが気性《きしょう》の激しさを伝えてくる。

男の名はバベル。《鋼《はがね》》の二代目大宗主《レギンアーク》である。

「ふん、東の蛮族《ばんぞく》どもの仕業《しわざ》か？　アレテーともあろう男がしてやられるとは、慢心《まんしん》でもしていたか？」

バベルは舌打ちとともに鼻を鳴らす。

アレテーは、バベルが目をかけ鍛《きた》えてきた四竜将《しりゅうしょう》の一人である。

その豪勇《ごうゆう》を見込《みこ》んで東方守護を任せたというのに、まったく情けない限りである。

「いえ、敵はどうも陸からではなく、海からやってきたとのことで……」

「なにっ⁉」

それまでの余裕ある表情から一変、バベルはぎょっとした顔で伝令の方を振り返る。

脳裏《のうり》を過ぎったのは、ある黒髪《くろかみ》の男の顔であった。

「ま、まさかノアかっ⁉」

「はい、先代が使っていた大船にそっくりでございました」

「やはりか！」

バベルはぎりっと奥歯《おくば》を噛《か》み締《し》める。

四方領域のほうで船を使って交易をしているという話は、ヨルゲンより伝え聞いている。

この国の現状を聞きつけ、舞《ま》い戻ってきたといったところか。

「ふ～～～、まあいつかこういう日がくるとは思っていた」

大きく嘆息《たんそく》するとともに、バベルは平静を取り戻し、ふっと笑みをこぼす。

今の《鋼《はがね》》の状況が、先代の目指したものではないことは、自覚していた。

だが、バベルにも言い分はあった。

彼とて初期には、勇斗の理想を継ごうとは思っていたのだ。

だが、現実は綺麗事《きれいごと》では動かない。

そもそも、なぜ神に選ばれた自分が、愚鈍《ぐどん》な民ごときに尽くさねばならないのか!?

逆であろう。

弱肉強食、それこそがユグドラシルの唯一絶対の掟《おきて》だったはずだ。

自分は自然の摂理《せつり》に従ったに過ぎない。

王は公僕《こうぼく》たれという勇斗のほうがおかしいのである。

「ふん、返り討ちにしてやるわ」

一〇年近く仕えたのだ。勇斗の性格はそこそこ熟知している。

弱肉強食こそが真理と気付き、それを実践するようになってから、勇斗が仕置きにくるであろうことは想定の範囲内《はんいない》である。

迎え撃《う》つ準備を着々と進めてきたのだ。

にぃぃっとバベルは獰猛《どうもう》にその犬歯を口元から覗《のぞ》かせる。

「各地の宗主に陣触《じんぶ》れを出せ！　全戦力をもって叩き潰してくれるわ！」

「ほう、檄文《げきぶん》が二通届いたか」

禿《は》げ上がった頭をすりすりと撫《な》でながら、老人は楽し気につぶやく。

当時を知る者には、随分と痩《や》せ細《ほそ》った印象を与《あた》えるかもしれない。

だが、その細めた目の奥に宿る鋭さは、往年のままである。

男の名はボドヴィッド。

アルベルティーナ、クリスティーナの実父にして、権謀術数に長《た》けた切れ者。勇斗に重用されつつも、同時に警戒《けいかい》された《爪《つめ》》の先代の宗主である。

そして今は年齢《ねんれい》を理由に第一線を退き、悠々自適《ゆうゆうじてき》の隠居《いんきょ》暮らしをしていたのだが、現宗主であるバーヴォルが二枚の粘土板《ねんどばん》を抱えて焦《あせ》った顔で駆《か》け込《こ》んできたのだ。

「一つはバベル殿《どの》の、そしてもう一つは、ノゾム様の、か」

「はっ。デリング砦が落ちたとの報はすでに私も掴《つか》んでおりますが、さてどちらに付くべきか、と。そもそも、これは本物なのでしょうか？　名を騙《かた》る偽者《にせもの》との可能性も……」

「本物じゃよ」

受け取った粘土板の下部に刻まれた紋様《もんよう》を指さし、ボドヴィッドは断言する。

かつては何度も何度も見たのだ。

忘れようはずもない。

「これはまごうことなき神帝《テイウダンス》の印よ。ヨルゲン殿やクリスからも、ノゾム様が来られるとの連絡《れんらく》を受けておるしのぅ」

「なっ⁉　なぜそれをお教えになってくれなかったのですか⁉」

「聞かれなかったからじゃ。儂《わし》はあくまで相談役。相談されぬ限り口を挟《はさ》む気はないわい」

かかかっとボドヴィッドは笑う。

バーヴォルはぐったりと肩を落とし、

「先代のその姿勢のおかげで普段《ふだん》はとてもやりやすうございますが、今日ばかりはお恨《うら》み申し上げますぞ」

「ふん、どうせ大事ならば聞きに来るじゃろう、おぬしは」

「やれやれ、すべてお見通しですか」

敵《かな》わないとばかりにバーヴォルは首を左右に振り、

「わたしはどうするべきでしょうか？」

心底困った様子で問いかけてくる。

「ふむ、そうじゃなぁ」

口元に手を当て神妙《しんみょう》に考える素振《そぶ》りを見せながらも、ボドヴィッドは内心ニヤリとほくそ笑んでいた。

バーヴォルという男は、平時はなかなか実務に長け優秀《ゆうしゅう》な男なのだが、乱時はいまいち決断力に欠けるところがある。

そういうところが、逆に裏で手綱《たづな》を取れると判断し後継にしたのだ。

ボドヴィッドは簡単に権力の全てを手放すような男ではないのである。その時の決断がまさに今、生きた。

「まあ、ノゾム様じゃろうの。勝ち馬に乗るのが《爪《つめ》》の基本方針よ」

「つまり、先代はノゾム様が勝つ、と。やはり神帝《テイウダンス》の権威《けんい》ですか？」

「それも無視できぬ力ではあるが、決定打ではない」

ユグドラシル時代から、すでに神帝《テイウダンス》という存在は形骸化《けいがいか》していた。

大義名分としては十分だが、大義名分だけでどうにかなるのであれば、神帝《テイウダンス》はお飾《かざ》りとしての存在ではなく、一定の武力も有していたはずである。

「では、バベルの圧政で民心が離《はな》れたから、でございましょうか？」

「それも否じゃな。親父殿《おやじどの》の統治のほうが本来異質よ。恐怖《きょうふ》や力で民を統べるのが政治の基本じゃ」

感情のない声で、ボドヴィッドは淡々と述べる。

彼は別に民に愛情など抱《いだ》いていない。

所詮《しょせん》は富を生み出すための道具程度としか思っていなかった。

絞《しぼ》り過ぎれば不満も溜まり反乱も起きやすくなる。それは損だから領内では善政を敷いていたに過ぎない。

バベルの統治は、反乱が起きるギリギリ寸前といったところだ。まさに生かさず殺さずのいい塩梅《あんばい》だというのがボドヴィッドの見解だった。

「では、ノゾム様の資質が……」

「それもないな。かのお方に父君に比肩《ひけん》する才はない」

十四歳までのノゾムを、次代の神帝《テイウダンス》としてボドヴィッドはこっそりとしかしつぶさに観察してきた。

個人として見れば、善良で素直《すなお》で勤勉で、愛すべき人柄《ひとがら》ではあった。

だが、一方で才気というものを感じなかったのも確かである。

勇斗など慣れない異国の地で、しかも一四歳という若さで、《狼《おおかみ》》の重鎮《じゅうちん》相手に論戦を挑《いど》んでいたと聞く。

こういう我の強さや負けん気の強さは、群れの一員としては不適格と言える。親や教師は無能の烙印《らくいん》を押すかもしれない。

しかし、自分が正しいと思えば貫《つらぬ》き通せる傲慢とも言うべき我の強さこそが、群れを率いる者には重要な資質なのだということを、ボドヴィッドは己《おの》が身をもって熟知していた。

ボドヴィッドが見てきた限り、ノゾムにそこまでの「我」があるようには思えない。

「ではいったいなぜでしょう？」

「ふん。儂はな、これまで卑怯《ひきょう》だの姑息《こそく》だの散々言われてきたし、約を破ったことも少なくない。儂を恨み憎《にく》む者はさぞ多かったろう」

「は、はあ……」

バーヴォルは言葉に困ったように視線をさまよわせつつ曖昧《あいまい》に頷《うなず》く。

立場上、肯定《こうてい》するわけにはいかないが、否定もできないといったところか。

そういうところがお前は宗主足りえんのだ、と内心でボドヴィッドは苦笑しつつ、

「だが、そんな儂もな、これだけは守ってきた原則がある」

「先代が守り通した原則、でございますか？」

「うむ。親父殿……スオウユウト先帝《せんてい》陛下の敵には回らぬ、というものよ」

ニッと口《くち》の端《はし》を吊り上げつつ、ボドヴィッドは言う。

忠誠心から、ではない。そんな殊勝《しゅしょう》な心を彼《かれ》は持たない。

彼が敵対しない理由は、極《きわ》めて単純にただ一つである。

勝てる気がまるでしない。ただそれだけだった。

「かの軍神は、な。基本、勝てる戦しかせん御仁《ごじん》だ。あの《炎《ほのお》》との大戦においてさえ、きっちり勝算を積み上げて臨《のぞ》み、目的を果たしてのけた」

「はっ、私も従軍していたので、おそばで拝見し、その神算鬼謀《しんさんきぼう》の数々に震《ふる》えたものです」

バーヴォルも力強く頷く。

彼は当時、ボドヴィッドの名代として《爪《つめ》》軍を率い、グラズヘイムにいた。間近で見たからこそ、その凄《すご》さを肌《はだ》で見知っているのだろう。

なればこそ、話は早い。

「その軍神がだ。家族や仲間に滅法甘《めっぽうあま》いあの方が、だ。息子を送り出したんだぞ？」

「……それはなんというか、判断材料として確たるものでございますな」

バーヴォルはハッとなった後、ニヤリと口の端を吊り上げる。

彼の心は定まったようだった。

なによりなことである。

「よう、ノゾム様。ひさしぶりっすな！」

「ハウグスポリ⁉　ハウグスポリじゃないか！」

突如、執務室《しつむしつ》に現れた来客に、ノゾムはガタッと椅子《いす》を倒《たお》して立ち上がる。

ハウグスポリは現《角《つの》》の宗主にして、以前は《鋼《はがね》》一の弓の使い手として、かのユグドラシル大戦でも武名を轟《とどろ》かせた剛《ごう》の者である。

ノゾムとしても、幼い頃《ころ》にしばしば弓を教えてもらったことがあり、その明るく砕《くだ》けた人柄に救われることも多く、とても慕《した》っていた人物だった。

「《角《つの》》の氏族一〇〇〇名、今よりノゾム様の配下に加わります」

「っ！　助かる！」

ノゾムは感謝のあまり、思わずハウグスポリの手を取った。

いくら神帝《テイウダンス》の権威があるといっても、現状、戦力的にはノゾム側が大きく不利と言わざるを得ない。

それでも迷うことなくすぐ駆けつけてくれた。

それがただただ嬉《うれ》しかった。

「ふふっ、ノゾム様も大きゅうなられましたな」

「そりゃ五年も経《た》ってるからな。背ぐらい伸《の》びる」

「いえいえ。背だけではなく、顔つきを見れば精神的にも成長したのがわかりますよ。なかなかいい経験を積まれたようですな」

「そうだと、いいな」

ノゾムは破顔する。

ハウグスポリは女相手には軽薄《けいはく》な男ではあるが、男相手にお世辞は言わない。

この五年、ノゾムなりに頑張《がんば》ってはきている。

それが顔つきを見ただけでわかるほどのものだというのなら、素直に嬉しかった。

「そういうハウグスポリは全然変わらないな。若いままだ」

確かもう五〇に差し掛《か》かろうという年のはずだが、その顔はまだ若々しく、その身体もしっかり鍛え上げられ、肌にも張りがある。

まだ三〇代と言われても思わず納得《なっとく》する男ぶりだった。

「ははっ、女の子たちに格好悪いなんて思われたら終わりですからな」

白い歯をキラリと覗かせて、ハウグスポリは笑う。

女好きはどうやら相変わらずらしい。

まだまだ元気そうで何よりだった。

「ハウグスポリが来たと聞きましたが!?」

バンッ！　と扉《とびら》を開いて飛び込んできたのはアーネスである。

「おお、アーネス！　大きくなったじゃないか」

その姿を見て、ハウグスポリも表情をノゾムの時以上に緩《ゆる》ませる。

口調もより親しげである。

それは仕方ないことではあった。

アーネスはハウグスポリが長年仕えた親であるリネーアの息子なのだから。

「ああ、でかくなっただろう？　今ならもうお前より背はでかいはずだ」

アーネスもいつもの礼儀《れいぎ》正《ただ》しさから一変、フランクな言葉遣《ことばづか》いである。

「ふはは、言うようになったな。だが私の方が高いでしょう？」

「ふん、試《ため》すか？」

「受けて立ちましょう」

二人とも不敵に笑い合う。

本当に仲がいい。まるで勇斗より親子のようである。

「二人ともそういうのは後にしてもらおうか」

パンパンと手を打ちつつ、ノゾムは言う。

《角《つの》》勢一〇〇〇が加わってくれたのは心強いが、それでもまだまだ劣勢《れっせい》であることには変わりはない。

歴戦の将でもあるハウグスポリに相談したいことは山ほどあるのだ。

決して、そう決して。

自分そっちのけでハブられてる気がしたからとかいうわけではなく！


「ふむ、《狼《おおかみ》》や《角《つの》》など古参の氏族はノゾムの支援《しえん》に回り、アースガルズの氏族は半々、ヨトゥンヘイムに根付いていた氏族はバベル側、か。綺麗《きれい》に分かれたな」

クリスティーナから上がってきた報告書をぺらぺらと捲《めく》りながら、勇斗はつぶやく。

ここは海上……ではなく、ヨルゲンの館である。

ノアで去ったふりをしつつ、こっそりと少数の供とともに、ここに逗留《とうりゅう》して情勢を見守っていた。

表面上は親の務めと突《つ》き放《はな》しつつも、結局は身内には情が深い人間なのである。

「戦力的にはノゾム側が四〇〇〇に対し、バベル側が八〇〇〇といったところですね」

「まあ、あらかた戦前の予測通りだな」

クリスティーナの分析《ぶんせき》に、勇斗も淡々と返す。

ここまでは問題なく進むだろうと思っていた。

問題なのはこの後である。

「兵力的には未《いま》だ劣勢のまま。さて、お手並み拝見といったところだな」

「それなんですが、どうもバベルは出陣《しゅつじん》を思いとどまったみたいですよ？」

「はい？」

思わず目をぱちくりさせて、勇斗は振《ふ》り返る。

てっきり一気呵成《いっきかせい》にノゾムたちに襲《おそ》い掛かるものとばかり思っていたのだ。

「けっこう猪突猛進《ちょとつもうしん》なイメージだったんだがな？」

「そりゃ慎重《しんちょう》にもなるでしょうよ。軍神スオウユウトを相手どろうってんだから」

呆《あき》れたようにクリスティーナが嘆息する。

「俺は参戦するつもりはないんだがなぁ」

「そんなことはバベルが知る由もありませんからね」

「まあ、そうだな」

一向に姿を見せぬ勇斗がいつどこから現れるかと警戒し、動けないのだろう。

いもしない敵を恐《おそ》れるなど愚《ぐ》の骨頂ではあるのだが、致《いた》し方《かた》ないことでもある。

「なるほど。しかし、そうなると少々面倒《めんどう》だな」

むぅっと口元に手を当てつつ、勇斗は唸《うな》る。

正直、想定外の事態であった。

短気で勇ましいバベルが配下氏族の反旗を許すとは思えず、てっきり短期決戦になるとばかり勇斗は踏《ふ》んでいたのだ。

どうやらこの五年の間に、多少の慎重さを身に付けたらしい。

「はい、このままだと、しばらく膠着《こうちゃく》状態が続くかと」

「それはできれば避《さ》けたいところだな」

今は手を離れたとはいえ、勇斗にとっても愛着のある国である。

戦が長期に及《およ》ぶというのはしばしばあることではあるのだが、戦乱が続けば国土もそれだけ荒廃《こうはい》する。

それで苦しみ負担を強《し》いられるのは領民たちである。

できれば早々に決着をつけてほしいところであった。

「ふむ、バベルは俺を恐れているんだよな？」

「ええ、十中八九」

「なら、話は簡単だな」

ニッと勇斗が口の端を悪どく吊り上げる。

「何か悪巧《わるだく》みでも思いつきましたか？」

「悪巧みとは酷《ひど》いな？」

「もうお父様とは付き合いも長いですからね。貴方《あなた》がそういう顔をされる時は、だいたいろくでもないことを思いついた時です」

やれやれとクリスティーナは肩をすくめる。

さすがは権謀術数における相棒である。

すっかり以心伝心のようだった。

「んじゃ、クリス。悪いけどちょっと御遣《おつか》いを頼《たの》まれてくれるか？」


「ぬぅぅう、くそったれが！」

ガシャアン！

床《ゆか》に叩きつけられたガラスの盃《はい》が、粉々に砕け散る。

だが、バベルの気は一向に晴れなかった。

「まさか五年も前の亡霊《ぼうれい》に、ここまでなびく者が出るとは……」

忌々《いまいま》しげに吐《は》き捨てる。

多少の離反者《りはん》が出ることは、もちろん想定していた。

だが、これほどの数にのぼるとは想定外もいいところである。

「スオウユウトの名はやはり侮《あなど》れん、か」

その事実を知るのは、《鋼《はがね》》でもごく少数に限られる。

具体的には、勇斗と直盃《じかさかずき》を交《か》わしていた者たちだ。

数は決して多くはないし、すでに全員、死去していたり勇斗ともにこの地を去っていたり、隠居して宗主の座を退いてはいるが、発言力は高い者たちばかりだ。

勇斗の隠然《いんぜん》とした影響力《えいきょうりょく》はやはり、古参の氏族ほどあるのだろう。

「まったく目をかけてやったというのに、恩知らずどもめ」

代替《だいが》わりに際し、勇斗との結びつきを恐れ切り離すためにこの五年、バベルとしては出来る限り便宜《べんぎ》を図《はか》り優遇《ゆうぐう》してきたつもりである。

だというのに、誰一人《だれひとり》こちらになびくことはなく、ノゾム側に付いた。

彼らはノゾムが勝つと判断したということである。

それがとにかく気にくわなかった。

「だが、妙《みょう》ではあるな」

スオウユウトの名にはそれだけの力があるというのに、未だ公式にその名は敵陣営《てきじんえい》から発されていない。

使えばもっと楽にこちらの力を削《そ》ぎ、自軍の勢力を拡大できるというのに。

勿論《もちろん》、すでに死んだことになっている人物ではあるが、それさえバベルの嘘を暴《あば》く格好の材料になるはずだ。

使わない意味がわからなかった。

「もしや本当に死んだのか？」

死が間近にある世界である。

しかも未知の場所に旅立ったのだ。そういう可能性は十分すぎるほどにあり得る。

むしろそれでにっちもさっちもいかなくなって、ノゾムたちはこのタルシシュに舞い戻ってきたのではないか？

「ふむ、そう考えたほうが辻褄《つじつま》は合うな」

「ふふっ、さすがの慧眼《けいがん》ですね、バベル殿」

「誰《だれ》だっ⁉」

突然《とつぜん》した女の声に、バベルは驚愕《きょうがく》とともに振り向く。

彼はエインヘリアルであり、生粋《きっすい》の武人である。

大宗主《レギンアーク》となってからも鍛錬《たんれん》を欠かしたことはなく、この近距離《きんきょり》まで接近を察知できないなどほとんど覚えがなかった。

「あら、たった五年でワタシのことをお忘れですか？　薄情《はくじょう》なものですね」

「ク、クリスティーナ……伯母《おば》上」

バベルの声は、多分に苦々しげであった。

そこにいたのは、十人いれば十人が振り向くであろう妙齢《みょうれい》の美女である。だが、その美しさは傾国《けいこく》であり、毒花のそれであることを、バベルは嫌《いや》というほど理解していた。

「お久しぶりですね、バベル殿」

「……ええ、お久しぶりです。何用ですかな？」

警戒を露《あら》わに、バベルは問う。

彼女《かのじょ》はスオウユウトの懐刀《ふところがたな》の一人である。

しかもどちらかと言えば、権謀術数などと言われるものに属するほうの、だ。どれだけ警戒しても、し足りないということはなかった。

「ちょっと二点ほど、お知らせに来ただけです」

「二点？」

「ええ、一点目。お父様がお亡《な》くなりになりました」

「それは……心からお悔《く》やみ申し上げます」

驚《おどろ》きの表情を作りつつ、心にもない上辺の言葉を紡《つむ》ぎ出す。

はっきり言えば、目の上のたん瘤《こぶ》がいなくなったのだ。歓迎《かんげい》すべき情報でさえある。

だが、目の前にいるのは特大の雌狐《めすぎつね》だ。

その情報が真である保証はないし、下手に感情を動かしても見透《みす》かされる。それを警戒してのポーカーフェイスだった。

「二点目。奥様方《おくさまがた》の意向を伝えに来ました」

「ふむ」

淡々と返しつつも、それはバベルにとって極めて関心の高い事柄《ことがら》だった。

奥様方、その言葉が示す意味は、勇斗の妻たちに他ならないだろう。

女と侮ることは決してできない。

ユグドラシルでの大戦の最功労者ともいうべきジークルーネ、勇斗の画期的な兵器を生み出し続けたイングリット、《剣《つるぎ》》の宗主にして兵の士気を跳《は》ね上げるルーンを持つファグラヴェールと、綺羅星《きらぼし》のごとき有能揃《ぞろ》いだ。

その動向は、間違《まちが》いなくこの戦いの趨勢《すうせい》を左右する。バベルとしては到底《とうてい》無視できるものではなかった。

「貴方とノゾムの戦いに、奥様方は誰一人として参戦するつもりはない、とのことです」

「ほう、それは実に有難《ありがた》い話ではありますが、とても手放しでは信じられんことですな？」

さすがに雌狐の言葉を鵜呑《うの》みにするほど、バベルも若くない。

こちらの油断を誘《さそ》う罠《わな》という線は十分に考えられるし、あるいは真実としても、あえて情報を流すことでこちらをかく乱させる目的の可能性もある。

王者の余裕《よゆう》をたたえた表情の裏で、バベルは表情、声色《こわいろ》、言葉の端々《はしばし》、全てに細心の注意を払ってクリスティーナを観察していた。

「貴方が信じる、信じないはこの際、どうでもいいことです。ただ、これを貴方に伝えることはお父様の遺言《ゆいごん》であり、義理を通したまで、です」

「遺言……か」

バベルはふむと思案する。

バベルは勇斗と血縁《けつえん》はないし、正当な古式ゆかしい儀式《ぎしき》に則《のっと》って大宗主《レギンアーク》の座を継承《けいしょう》したわけではない。

だが、勇斗から指名されて大宗主《レギンアーク》の座に就《つ》いたことは間違いない。

遺言等があってもおかしくはない立場ではあった。

「お父様は常々仰《おっしゃ》っておりました。王たる者にはなにより力が必要だ、と」

「……よく覚えている」

勇斗自身は仁を誰より重んじる男であったが、一方で、子分や民が自分に従うのは自分の人柄にではなく、あくまで力に従っているのだと冷めた視点も同時に持ち続けていた。

優《やさ》しいだけの男に、新天地での一からの統治などという至難の舵取《かじと》りを、一〇年も取り続けられるはずもない。

彼が保持する圧倒的《あっとうてき》な力にこそ、皆《みな》は従ったのだ。

「それゆえ、お父様は奥様たちにも申し付けておられたのです。仮にノゾム様が大宗主《レギンアーク》の座を望んだとしても静観せよ、と。自らの力で奪《うば》い取れないようなら、王たる資格はない、と」

「……なるほど」

いかにも、勇斗が言いそうなことではあった。

身内に甘《あま》いところはあったが、公私のけじめだけは引きすぎるほどきっちり引いていた男だ。

実子だからと《鋼《はがね》》の大宗主《レギンアーク》の座を譲《ゆず》ることの愚は、重々認識《にんしき》していたのだろう。

「お伝えすることは以上です。では」

その言葉とともに、クリスティーナはひらっと手に持っていた紙を放り捨てる。

それに気を取られた一瞬《いっしゅん》、そう、ほんの一瞬の間に、クリスティーナの姿はその場から影《かげ》も形も掻《か》き消えていた。

「相も変わらず恐ろしい女だ」

バベルはゴクリと思わず唾《つば》を呑《の》み込む。

この執務室まで、そこそこ厳重な警戒をしてある。それをあっさり突破《とっぱ》し、脱出《だっしゅつ》できる。

まったくふざけているというしかない。

勇斗の腹心中の腹心だった者たちは、そういう連中ばかりだ。

彼女らが出張ってこないというのなら、これほど有難いことはない。

問題はこれが罠かどうか、ということだが……

「おそらく、その可能性は低い、か」

勇斗の人柄は、直接的にも間接的にも、そこそこ見知っている。ユグドラシル時代の戦い方も、一通り見聞きしている。

この手の偽《にせ》情報や詐称《さしょう》を用いて自軍に有利な状況《じょうきょう》を作る、ということはほぼなかった。

勿論、まったくしないと考えるのは危険だが、少なくとも、勇斗にとって今の状況はそういう計略に頼《たよ》る状況とも思えなかった。

バベルの知る勇斗ならば、力で真正面からねじ伏《ふ》せる場面である。

つまり、ノゾム討伐《とうばつ》に軍を出しても、勇斗率いる別動隊に後方から奇襲《きしゅう》を受ける危険性はほぼないということである。

「ふっ、ふふふ……確か毒を喰《く》らわば皿まで、だったか」

勇斗が果断な決断をする時、しばしば口にしていた言葉である。

大宗主《レギンアーク》となり、つくづく思う。

決断力こそが、王たる者に最も必要なものである、と。

幾多《いくた》の戦を経て鍛え上げられた勘《かん》が告げている。

勇斗の援軍《えんぐん》は絶対にない、と。

今こそ攻める刻《せ》だ、と。

「タルシシュに集った全軍に通達《たち》せよ！　これより俺《おれ》自ら神帝《テイウダンス》を騙《かた》る逆賊《ぎゃくぞく》を討《う》つ！」

「兄上、タルシシュのバベル軍が動いたと物見より報告が入りました」

「っ！　ついに動いたか」

アーネスの報告に、ノゾムは顔を険しくする。

覚悟《かくご》はずっとしてきた。

だが、いざ敵が動いたと思うと、戦がすぐそこまで迫《せま》っていると実感すると、平静ではいられなかった。

「はい、全軍、こちらに向かっているとのことです」

「全軍……か」

ノゾムはいぶかしげに眉《まゆ》をひそめる。

「少々不可解ではあるな。今までバベルが動かなかったのは、親父《おやじ》を警戒して、というのがお前やルングの見解だったよな？」

その推測を聞いた時は、どこまでも父親の庇護《ひご》下にあるのかと少し落ち込んだものだ。

今はもう、状況が状況だ。失敗も許されない。使えるものは全部使ってしまえと開き直っているが。

「はい。タルシシュを空にして、こちらに全戦力を投下するというのは奇妙《きみょう》ではあります」

「だよなぁ」

「とは言え、現実を否定しても仕方ありません。戦略の練り直しですね」

アーネスが口元に手を当てて、うぅむと悩《なや》む。

敵がいもしない勇斗を警戒して動けないのなら、それを利用して敵を調略して切り崩《くず》したり、各個撃破《げきは》するというのがノゾムたちの立てた基本戦略だったのだ。

敵の今回の動きによって、それは根幹からぶち壊《こわ》された格好である。

「どうする？　こっちも撃って出るか？」

「それはあまりお薦《すす》めできませんね、兵力的にあちらが上回っているのは事実。真正面からやり合うのは出来れば避けたいところです」

眉間にしわを寄せ、厳しい顔でアーネスは言う。

隣《となり》にいたルングも頷く。

「だね。父さんなら正面からねじ伏せられるんだろうけど、僕《ぼく》らには父さんのような歴戦の経験も、チートもない」

「そうだな」

ノゾムもふんとつまらなさげに鼻を鳴らしながらも認める。

自分が父には遠く及ばない。

すでにそのことは五年も前に整理がついている。

多少の口惜《くちお》しさはあっても、今さらもう反発はなかった。

「しかし、バベルがこの砦《とりで》を潰《つぶ》しに来てくれたのは僥倖《ぎょうこう》と言えるでしょう」

「？　どういうことだ」

アーネスの言葉がピンとこず、ノゾムは思わず問い返す。

「この砦は《鋼《はがね》》からすれば辺境の僻地《へきち》です。守るべき領土もなければ、民もいません」

「ああ、だから親父はここを選んだんだろ？」

今さらに何を言っている、とノゾムはキョトンと返す。

このデリング砦は、元々は東方からの蛮族《ばんぞく》の侵入《しんにゅう》に備えて作られた砦である。

民に被害《ひがい》が出るのを嫌《きら》った勇斗の発案で、人里からかなり遠く離れた不毛の地にある。

戦になったところで民に直接の被害が出ることはまずない。

加えて言えば、船が接岸しやすい地形で、食糧《しょくりょう》の補給も容易《たやす》い。

この地を勇斗が拠点《きょてん》と定めたのは、まさにそういう理由からだった。

だが、そんなわかり切ったことを、今さらアーネスが口にする理由がわからなかった。

「ええ、ならばその利を使わない手はありません」

「ふむ？」

「わかりませんか？　これが《爪《つめ》》領、《狼《おおかみ》》領などに攻め込まれては、我らも救援《きゅうえん》に向かわざるを得ませんでした。《角《つの》》を攻められれば、ハウグスポリ殿も、自領に戻《もど》らねばならなくなります」

「まあ、そうだな」

ポンッとノゾムも手を打つ。

自分の旗下に駆けつけてくれた者たちだ。

助けにいかないでは、義理が立たない。

「ですが、敵としても自国を荒《あ》らすのは避けたいところだったのでしょう。だから一直線にこのデリング砦に向かってきた、旗頭《はたがしら》である兄上を討ちに」

「みたいだな」

返しつつも、いぶかしげにノゾムは眉をひそめる。

未だに彼が何を言わんとしているのかわからない。

そして、それが苛立《いらだ》たしくてたまらない。

自分より、アーネスのほうが上だと思い知らされているようで。

「で、結局どうするんだよ？　さっさと結論を言えよ」

「ああ、すみません。前置きが長くなるのが私の悪い癖《くせ》で。つまり、守るべきものがないのであれば、わざわざ撃《う》って出る必要などなく、この砦に籠《こ》もって戦えば良いのです」

「っ！　なるほどな」

遅《おく》ればせながら、ようやくノゾムにもピンときた。

本来、籠城戦《ろうじょう》というものは、デメリットも大きい。

領主は領民を守るという建前で、年貢《ねんぐ》を取っている。

にもかかわらず、己の身可愛《かわい》さで自分たちは城に籠もって、領内が荒らされるのを放置すれば、当然、領民たちの信頼《しんらい》や忠誠心は下がる。

領主としてはなるべく避けたいことだが、今回、それは考えなくていいということだ。

かつ、食糧も基本、潤沢《じゅんたく》にある。

兵力も相手が上。

ならば、防衛側が圧倒的に有利な籠城戦で迎《むか》え撃てばいいじゃないか。デメリットもないのだから。

アーネスはそう言っているのだ。

「それがしもアーネス兄上に賛成です。敵が攻めかけてくるならよし。様子見するようなら隙《すき》をうかがい、あれば叩《たた》き、退却《たいきゃく》するなら一気呵成に攻めかかる。いずれも我らに不利はないかと」

そう声を上げたのは、シグルドである。

「籠城は籠城で、兵の統制が難しいのではないか？」

勇斗の昔話にそういう逸話《いつわ》があったことを思い出し、ノゾムは問う。

　しかし、シグルドは自信満々に口の端を吊《つ》り上げる。

「それも問題ないかと。兵糧《ひょうろう》はこの砦に元々あったものも含《ふく》めれば、三ヶ月は余裕で保ちます。敵が攻めあぐねれば、こちら側に付く者たちも増えるでしょう。時間は我らに味方してくれます」

「ほう、なかなかの慧眼ですな。さすがは先帝陛下とファグラヴェール殿《どの》のお子だ」

　ハウグスポリが目を瞠《みは》り、感嘆《かんたん》の吐息《といき》を漏《も》らす。

　ちりっとノゾムの胸がかすかに痛む。

　ハウグスポリはユグドラシル大戦では、戦が苦手なリネーアの右腕《みぎうで》として、辣腕《らつわん》を振るったと聞く。歴戦の勇将の太鼓判《たいこばん》である。

　シグルドの軍才の確かさを改めて痛感する。

　なぜ自分はこうも勇斗の才を受け告げなかったのか。

　妬《ねた》ましさから、どうしてもそんな嫌な考えが脳裏《のうり》を過ぎってしまう。

「ということで、兄上、方針は籠城でよろしいでしょうか？」

「えっ⁉　あ、えーっと……」

　アーネスの問いに、ノゾムはしどろもどろになる。

　確かに、アーネスとシグルドの意見は理に適《かな》っている。

だが、何かが妙に引っかかった。

「兄上？　なにか懸念《けねん》でも？」

「い、いや、懸念っつーか……」

言葉を返しつつも、心臓の鼓動《こどう》が早まっていくのを感じた。

なぜ首を縦に振れないのか、自分でもよくわからなかった。

なんか嫌な気がする。

ただただそれだけだった。

(これ、嫉妬《しっと》しているだけじゃねえのか、これ？)

そう考えたほうがしっくりくる。

違《ちが》う！　自分はそこまで落ちていない！　と信じたい。

だが、自信も持てない。

最近は特に、劣等感《れっとうかん》を感じ続けているのだから。

「何が気になっているのでしょう？」

「あ～、それが自分でもわからねえんだ。ただなんか籠城はダメな気がするとしか言いようがねえっつーか」

ボリボリと頭を掻きつつ、ノゾムは恥《は》ずかし気《げ》に打ち明ける。

一瞬、隠《かく》そうかと思った。

どうせ説明もできないのだ。恥《はじ》をかくだけである。

献策《けんさく》を受け入れ頷くのが賢《かしこ》いやり方なのは確かだ。

だが、そう言う背伸《せの》びは止《や》めると五年前に決めたのだ。

そんな見せかけだけ取り繕《つくろ》ったところで、結局バレる。ノゾム自身が成長するしかないのだ。

ならば、聞くは一時の恥、聞かぬは一生の恥である。

ありのままを晒《さら》し、納得いくまで検証する。

そうすることで、一歩ずつでも、亀《かめ》の歩みでも、成長できると信じたかった。

「ふむ、わからない、ですか」

アーネスがむうっと考《かんが》え込《こ》む素振《そぶ》りを見せる。

それが逆に申し訳なかった。

「悪いな。こんな理由にもならない反対理由でよ。ひょっとしたら単に、出来のいい弟に嫉妬してるだけかもしれねえ」

「いや、兄上はその辺の公私の区別は付けておられる方ですよ」

即答《そくとう》で応えてくれるのは嬉しかったが、ノゾム自身はそこまで自分を信じられなかった。

ノゾム自身が一番知っているのだ。

弟たちに嫉妬している自分を。

「んー、とりあえずどういうところが引っかかったんです？」

ルングが問いかけてくる。

ノゾムは少し考えて、

「あー、ん～、そうだな。強いて言うなら、守るものがない、って部分か？」

「ふむ、そこに引っかかったというのなら、何か我らが失念している守るべきものがあるということですかね？」

「しかし、こんな辺境の荒野《こうや》に守るようなものは特には……それこそこのデリング砦ぐらいでしょう？」

アーネスとシグルドも揃って首を傾《かし》げる。

二人のほうが自分より優《すぐ》れているのだ。その二人がこれだけ考えても思いつかないというのなら、やはり自分の勘違《かんちが》いなのだろう。

出過ぎた真似《まね》はせず、任せてしまえばいい。

そう思いかけたその時だった。

ポカン！

「あたっ！」

いきなり後ろから背中を蹴《け》り飛ばされた。

思わず振り返ると、ウィズがやれやれといった顔で立っていた。

「何すんだよ、ウィズ⁉」

「背筋が丸まっている。『観の目強く、見の目弱く、遠きところを近く見、近きところを遠く見ること、兵法の専なり』だ」

「なんだよそれ？」

ノゾムの知らない一節だった。

少なくとも、孫子にはなかった言葉である。

ウィズは腰《こし》に手を当て、むふーっと鼻息を鳴らす。

「宮本武蔵の五輪書だ。父上の国で最強の剣士《けんし》だったそうだ。背中を丸めていると、近くしか見えんぞ、兄者」

「むっ」

言われて、思わずはっとなる。

背中が丸くなっている、すなわち卑屈《ひくつ》になっているということだ。

卑屈になると、自分の内面にばかり目が向いて、そこばかりに気が取られてしまい視野が狭《せま》くなる。

そうわかっていたはずなのに、いつの間にかその沼《ぬま》にハマってしまっていた。

「遠くを近くに、近くを遠くに、か」

ジークルーネとの剣の訓練で、しばしば言われた言葉でもある。

近く、つまり相手の剣ばかりを見ていては、攻撃《こうげき》に反応できない。

ぼうっと遠くを見るように相手の全体を捉《とら》え、わずかの違和感《いわかん》から相手の動きの初動を捉えることが基本なのだ、と。

先程《さきほど》のノゾムはいわば、近くばかりに目が向いていた。

もっと視点を遠くに据《す》えて……

「あーっ！　そうか！」

天啓《てんけい》のように脳裏に閃《ひらめ》くものがあり、ノゾムは思わず声を荒《あ》らげる。

自分が何に引っかかっていたのか、ようやく得心がいく。

「守るものがないなんて、そんなことはないんだ。俺はこの《鋼《はがね》》の新たな神帝《テイウダンス》として立つために戻ってきたんだ」

「それはもちろん、承知しておりますが……」

アーネスが訝《いぶか》し気に眉をひそめる。

「籠城戦は、どうしても長期戦になるだろう？　その分、民心は離れる」

「ええ、そうですね。むしろそれこそ我らの望むところでしょう？」

「そうだな。それが賢いやり方なのは、確かだ」

民の不満を溜《た》めれば溜めるほど、バベルの勢力はそれだけ弱体化していく。

バベル討伐後も、より統治しやすくもなるだろう。

暴君を排除《はいじょ》した英雄《えいゆう》として、より民から歓迎されるのだから。

それでも――

「俺はこれ以上、民に辛苦《しんく》を味わわせたくはないんだ」

これがノゾムの本心だった。

綺麗事《きれいごと》だと、幼稚《ようち》なことを言っているという自覚はあった。

それでも、どうしても心が納得《なっとく》しないのだ。

「確かに、二人の言うように、籠城戦のほうが効率的だってことはよくわかっている。けどさ、そんなことをして得た玉座に、何の意味があるのか、とか、そこまでしなければ王の座に就けない自分に、王になる資格はあるのか、とか……」

自分で口にしていて、愚にもつかないことを言っているなと改めて思う。

こういうことは、父である勇斗のような希代の英雄だけが、言う資格があるのだ。

自分ごとき若輩者《じゃくはいもの》が言うなど、本当に烏滸《おこ》がましいというしかない。

だが――

「なるほど、わかりました。では野戦で早期に決着を付けるとしましょう」

「ええ、それがしもその為《ため》の策を練り直します」

アーネスもシグルドも、異論を唱えることもなく、ノゾムの方針を受け入れてしまう。

そのあっさり具合が、逆に怖《こわ》かった。

「お、おい、いいのかよそれで!? こんな理想論じみたことを、そんな検討もせずに決めちゃってよ!?」

「？ だから、今から検討しようとしているところです」

「ええ、アーネス兄上の言う通りです」

「な、なんで……」

意味がわからなかった。

こんな自分のどうしようもない意見を、そこまで重んじるのか。

「決まってます。兄上、あなたが王だからですよ」

「ですね。将たる我らは、王の理想を叶《かな》えるのみ、です」

アーネスとシグルドが揃って頷《うなず》き合う。

「おいおい、二人だけで話を進めるなよ。僕もその企《たくら》みに参加させてくれないか？」

「そうだ。わたしも交ぜろ」

ルングとウィズもすっかり乗り気である。

どうして彼《かれ》らは、こんな自分の判断を尊重するのだろう？

正直言って、買い被《かぶ》りもいいところだと思う。

この五年で経験を積み、多少は成長できたと思っていた。

だが一念発起《いちねんほっき》して故郷に戻ってみれば、突きつけられるのは弟たちに敵《かな》わない現実ばかりだった。

自分は弟妹《ていまい》たちの信頼に値する人間なのか？

どうしてもその確信が持てなかった。


「物見より報告がありました。あと半刻ほどもすれば、バベルの軍がこちらに姿を現すとのことです」

「そ、そうか」

アーネスの報告にノゾムはゴクリと唾を呑みつつ緊張《きんちょう》の面持《おもも》ちで返す。

五年前の初陣《ういじん》以来、海賊《かいぞく》相手に幾度《いくど》か戦闘《せんとう》自体はこなしているが、今回は規模が桁違《けたちが》いである。

やはり預かる命の重荷を感じずにはいられなかった。

「心配ありません。すでに必勝の布陣《ふじん》は整えてあります」

自信満々にアーネスは言う。

確かにその通りだと思う。

ノゾムの率いる本隊二〇〇〇が正面で小高い丘《おか》に陣《じん》を敷《し》いて敵を待ち構え、左右にそれぞれシグルドとハウグスポリが率いる別動隊が伏兵《ふくへい》として一〇〇〇ずつ森に潜《ひそ》んでおり、敵が攻めかかってくると同時に包囲殲滅《せんめつ》する作戦である。

出来れば勇斗が得意とした釣《つ》り野伏《のぶせ》まで出来れば完璧《かんぺき》なのだが、それをやるには兵の練度やノゾムの部隊指揮力に不安があり不可となった。

まあ実際、下手をすれば全軍潰走《かいそう》になりかねない危険な作戦である。やらないのが吉《きち》というものだろう。

「些事《さじ》は私やルングが取り計らいます。兄上はどっしりと構えていてください」

「ああ」

何もするな、と言われているような気に少しなるが、アーネスにそんな気がないのはわかっている。

総大将がどっしり悠然《ゆうぜん》と構えている。

それだけで兵は安心するものだと、何度も聞かされたものだ。

戦はとにかく兵の士気で決まる、とも。

ならば、まずは与《あた》えられた役割をしっかりまっとうするのみだった。

「敵軍、進軍を止めました。おそらくこちらに気づいた模様！」

「まあ、わざと斥候《せっこう》を逃《のが》しましたしね」

斥候の報告に、アーネスはフッと笑《え》みをこぼす。

ここまでは計算通りといったところか。

ノゾムたちとしては、包囲殲滅の罠を仕掛《しか》けている以上、敵は本隊に向けて進軍してくれた方がありがたい。

だから敵に見つかるのは万々歳《ばんばんざい》なのだ。

「後はまあ、敵が再び動くのを待つのみ、か。動くかな？」

「おそらく。こちらの兵が四〇〇〇ほどであることは、敵も認識しているはず。兵力差は倍近い。力押《お》しで十分押し切れるでしょうから」

「そうだな」

ノゾムも頷く。

本陣《ほんじん》は旗やかかしを用いて、ここに全軍がいるよう見せかけている。それが上手《うま》く機能していれば、敵に伏兵を潜ませていることもばれまい。

後はただただ機が訪《おとず》れるのを待つのみだった。

それが一番、つらいのだが。

さて、我慢《がまん》比べの始まりだ、と気合を入れたノゾムであったが、

「敵、再び動き出しました！」

一刻もしない内に、あっさりと戦局が動き出す。

ノゾムを所詮《しょせん》、ボンボンとでも侮《あなど》ったか。

だが、鴨《かも》が葱《ねぎ》を背負って来るとはこのことである。

「敵の先鋒《せんぽう》は騎兵《きへい》が一〇〇〇。突《つ》っ込んできます！」

「「なっ⁉」」

ノゾムとアーネスの口から同時に焦《あせ》りと困惑《こんわく》の声が漏れる。

敵にそんなものは、存在しないはずだった。

アブミはもう、未来の知識として封印《ふういん》したはずのものだったからだ。

「……そういやそうだな。奴《やつ》らが親父の言いつけを守ってる保証なんて、どこにもねえん

だよな」

さすがに表立って用意すれば、勇斗と矛《ほこ》を交えることとなるから、隠していたのだろう。

だが、バベルが野心家であることは、前々からわかっていたことだ。

この可能性は十分にあったと言える。

だが、この場の誰もが失念していた。

さすがにそんな気はないだろう、と無意識のうちに可能性を排除していたのだ。

「バベルの奴、親父に牙《きば》を剥《む》くつもりだったのかよ……」

正直、あぜんとして声も出なかった。

天の国の知識を使って、勇斗が黙《だま》って見過ごすはずがない。仮にノゾムたちを撃退《げきたい》したとしても、勇斗が出張ってくることは確実である。

しかし、正直、信じられなかった。

バベルも元々は勇斗に仕えていた身だ。

勇斗の軍神としての顔を見ているはずである。

それを知っていてなお、勇斗を敵に回そうとするなど正気の沙汰《さた》とは思えなかった。

「まだいくつか隠し玉を持っていそうですね」

アーネスが苦々しげに吐《は》き捨てる。

勇斗のもたらした現代知識は数多い。

アブミを出してきた以上、それだけで済むとは考えにくい。

他にもいくつか次代を超越《ちょうえつ》した武器を隠し持っていそうである。

「対してこっちの武器は旧式もいいところ、か」

ノゾムもむうっと眉間《みけん》にしわを寄せる。

手持ちのものは、今の時代に存在するものばかりだ。

火縄銃《ひなわじゅう》はおろか、あぶみも、複合弓も、てつはうもない。

はっきり言って、圧倒的に不利と言わざるを得ない。

ヒュンヒュンヒュンヒュン！

馬上から次々と矢の雨が本陣に向けて降り注いでくる。

「この距離《きょり》……単弓じゃねえな。複合弓使ってやがる！」

「ええ、少々まずい展開ですね。こちらの弓は届かず相手の矢だけが届く」

「その上、こっちが距離を詰《つ》めれば、おそらく逃《に》げられる。馬足に徒歩では追いつけない」

「ええ。むしろ下手に追えば、兵たちは熱くなって手綱《たづな》が効かなくなりかねません」

「伏せているシグルド隊やハウグスポリ隊と挟《はさ》み撃ちにするってのはどうだ？」

「……それこそ敵の思うつぼでしょう。少数の騎馬隊《きばたい》だけで先行しているのは、まさに伏兵をあぶり出そうとしているのでしょう」

「八方塞《ふさ》がりじゃねえか」

苛立たしさに、ノゾムは思わず親指の爪《つめ》を噛《か》む。

事前に地の利を押さえ、万全《ばんぜん》の布陣で迎え撃ったはずなのに、あっという間に劣勢《れっせい》に追いやられている。

改めて、勇斗がもたらした現代知識の恐《おそ》ろしさを思い知らざるを得ない。

これだけでユグドラシルの覇者《はしゃ》となれたとは思わない。

それでも、この力が原動力の一つだったことを、身をもって痛感する。

「やっぱり籠城しているべきだったのか？」

思わず弱音がこぼれる。

自分が理想を追い過ぎたがゆえに、皆を無駄《むだ》に危険に晒したのではないか？

そんな不安が頭をもたげる。

「いえ、むしろ撃って出て正解だったかと。籠城戦でいきなりてつはうや平衡錘投石器《トレビュシェット》などを使われては、兵の混乱は尋常《じんじょう》ではなかったはず」

アーネスが口元に手を当てながら返してくる。

「そ、そうか……」

今さらながらその可能性に思い至り、ノゾムはゾッとする。

砦の中に籠もっている限り、ある程度は安心。

その確信を崩された時の兵の動揺《どうよう》は計り知れない。

意図したわけではないが、そういう意味では実に僥倖だったと言える。

ヒュンヒュンヒュン！

だが、現状、そう喜べる状況でもないことも確かだった。

敵陣《てきじん》から次々と矢の雨が降り注いでいる。

距離があるのである程度は盾《たて》で防げるが、それも完全ではない。

時間経過とともに、負傷者・死傷者は増えていくだろう。

「実際問題どうするよ、この戦況《せんきょう》……」

正直、打つ手なしと言うしかない。

しかも自分の悪い癖だが、追い詰められると頭が真っ白になって何も考えられなくなるのだ。

「くそっ、俺の我《わ》がままで始めた戦なんだ。俺がなんとかしないといけないってのに！」

口惜しさに奥歯《おくば》を噛み締《し》める。

どうして自分は父みたいに出来ないのか。

どうしてこんなにも無能なのか。

自分が本当に嫌《いや》になる。

「んー、それはちょっと違うんじゃないかな」

副官のルングが人差し指を顎《あご》にかけつつ首をかしげる。

「ですな。心得違《こころえちが》いもはなはだしい」

アーネスも同意するように深々と頷く。

「なんだよ、心得違いって？」

「先程と同じ言になりますが、兄上は大将です。でんと構えていられればよいのです。後は私たちがなんとかしますから」

アーネスがしれっと言ってのける。

この危機的状況でもそう言いきれることに、ノゾムは目を瞠らせる。

「なんとかって……できるのか、この状況を？」

「ええ、まあ。出来れば使いたくなかった手ではありますが」

嫌そうに顔をしかめつつも、アーネスは頷く。

「この状況で贅沢《ぜいたく》言ってられる状況じゃないだろ、どうすりゃいいんだ!?」

「とりあえず防戦に徹《てつ》し、時間を稼《かせ》ぐことです」

「はぁ、それだけかよ⁉」

「ええ、それだけです。敵もそこまで大量の矢はありますまい。とりあえず尽《つ》きるまで耐《た》えればよろしい」

「ふむ」

「それで突っ込んでくるならこれ幸い、挟み撃ちで潰してしまいましょう。それで引くのであれば、こちらも秘密兵器を投入するのみです」

「秘密兵器？」

そんなものがあるなど、初耳である。

大将だというのに、だ。

「そんなものがあるなら、教えておいてくれよ」

「保険のつもりだったんです。使わずに済めば、それに越《こ》したことはなかったので」

「お前がそこまで言うとは、いったいどういう策なんだ？」

「それはのちほど。まずこの戦局を凌《しの》ぐのが先決です」

「むっ、確かにそうだな」

今まさに、ノゾム軍は敵の攻撃に晒されているのだ。

ここを乗り切らねば、秘策もくそもない。

「とりあえず凌げばいいんだな⁉」

「はい」

「よし、全軍に通達。防御《ぼうぎょ》を固めろ！　敵は騎兵だ。無暗《むやみ》に追うな。追えば痛い目に遭《あ》うだけだ。まずは堪《た》えて凌ぐんだ！」

ノゾムは声を張り上げる。

しばらく敵の斉射《せいしゃ》が続き、やがて矢が尽きたのかあっさりと引き上げていく。

ノゾムの総大将としての初陣は、こうして苦い滑《すべ》り出しとなったのだ。


「ふぃぃ、どうにかこうにかやり過ごせたか」

去っていく敵兵を渋面《じゅうめん》で睨《にら》みつつ、ノゾムは大きく嘆息《たんそく》する。

とりあえず危機は去ったが、とは言えあまり喜べる状況《じょうきょう》でもない。

矢を補充《ほじゅう》すれば、敵はまた再び仕掛けてくるだろう。

まだ被害は軽微《けいび》ではあるが、何度も続けば負傷者・死傷者は増えていく。

兵のストレスも溜まり、士気も下がる。

迅速《じんそく》に何とかしなければならない状態だった。

「アーネス、秘策とやらを教えてもらえるか？」

早速《さっそく》、ノゾムは問い質《ただ》す。

戦闘中もずっと気になってヤキモキしていたのだ。

「ああ、それですか。決して褒《ほ》められた手ではありませんよ？」

「焦《じ》らすなよ。聞かないと判断もできない」

「そうですね、では……」

アーネスはなんとも苦々しげに顔を歪《ゆが》ませつつ、秘策を語り出す。

聞くうちに、みるみるノゾムの目が見開いていく。

「ありかよ、そんな手……」

はっきり言って反則《チート》もいいところだった。

そもそもそんな手を使って、父である勇斗がノゾムを王と認めるかどうか疑問である。

最悪、「お前には王たる資格はない」と切り捨てられるかもしれない。

だが、この戦に関しては、十分すぎるほどに勝算が生まれるのも確かだった。

今はそれで十分である。

問題は一つ――

「それ、可能なのか？」

その実現性である。

正直、ノゾムの見立てではかなり厳しそうに見えるのだ。

「まあ、なんとかなりましたよ。でなければこんな話はしません」

「ふむ……」

頷きつつも、もはや感心を通り越《こ》して呆《あき》れてしまう。

ありとあらゆる状況を想定し、二の矢三の矢を考えきっちり備えておく。

それはまさに、色々な人から聞く父、勇斗の戦略戦術そのものである。

口にするのはたやすいが、いざ実践《じっせん》するとなると極《きわ》めて難しい。

少なくとも、ノゾムには逆立ちしても無理な芸当である。

「……ほんと、大したもんだよ、アーネス」

「いえ、それほどでも」

「やっぱどこまでいっても凡人《ぼんじん》な俺《おれ》なんかより、お前のほうが王に相応《ふさわ》しいんだろうな」

力なく覇気《はき》の失《う》せた顔で、ノゾムは憔悴《しょうすい》しきった声で言う。

もはや認めざるを得なかった。

結局、自分は刻一刻と変わる戦局に右往左往するだけだった。

中心になって作戦を立案し、遂行《すいこう》したのはアーネスである。

自分は結局、お飾《かざ》りで、邪魔《じゃま》しかしていない。

ノゾムが五年かけて積み上げてきたプライドはもう、ズタズタのボロボロだった。

「私が王？　ははっ、向いてませんよ」

「どこがだよ。お前ぐらい頭いい奴、なかなかいねえぞ。絶対向いてるって」

「まあ、確かに私の頭はそこそこ小賢《こざか》しく回りますが、それだけでは王になれません。私には王になるのに最も必要なものが欠けてます」

「欠けてる？」

まったくピンとこなかった。

確かに、運動神経という点では、アーネスはあまり良いとは言えない。

だが、病気がちということもなく至って健康ではある。

王となるのに何の問題もない。

まったくピンとこないノゾムに、アーネスは苦笑《くしょう》する。

「私には肝心《かんじん》かなめの人望がありません。ズバズバ物言うタチですしね」

「そ、そんなことは……」

言いつつも、ノゾムはその先の言葉を濁《にご》す。

言葉遣《ことばづか》いこそ丁寧《ていねい》なのだが、アーネスのそれはどこか慇懃無礼《いんぎんぶれい》なところがある。

出来ない人間の気持ちがわからないのだろう、本人にそのつもりはないのだろうが、頭の良さを鼻にかけているような印象を与えやすい。

実際、ノゾムもそれでイラッとさせられることも少なくなかった。

「ふふっ、自分のことは自分が一番よくわかっていますよ。確かに私は、父上と母上から政略戦略の才は受け継《つ》ぎました。だが肝心の、あの二人の持つ人の良さといいますか、人望は受け継げませんでした」

アーネスがどこか遠くを見て、自嘲《じちょう》する。

続けて、

「私が王では、兄弟たちが付いてきてくれませんよ。ねぇ？　ルングの兄上、ウィズの姉上？」

悪戯《いたずら》っぽく口元を歪めて、アーネスは兄弟のほうへと視線を向ける。

ルングもウィズも間髪《かんはつ》容《い》れずに強く頷く。

「君の部下なんて死んでもごめんだな」

「弟の下につく姉はいない」

「こんな具合ですよ」

アーネスがほらねとばかりに肩《かた》をすくませる。

だが、さすがにノゾムも納得できない。

「そんなの、早く生まれたってだけだろ」

「いいえ、シグルドにしてもサヤにしてもクリアにしても、私には付いてきてくれませんよ」

サヤはイングリットの娘《むすめ》、クリアはアルベルティーナの娘である。

二人とも女でまだ年若いながらも、母親の才を受け継ぎ、将来を嘱望《しょくぼう》される存在だ。

「私では兄弟がまとまらないんですよ。私では最悪、血で血で洗う兄弟喧嘩《けんか》になりますね。まとめられるのは兄上、貴方《あなた》だけなんです」

「ああ、そうだね。確かに僕たちをまとめられるのは兄さんだけだ」

ルングが同調するように頷く。

見れば、ウィズもうんうんと頷いている。

「そうかぁ？」

一人どうにも納得がいかず、ノゾムは怪訝《けげん》に問い返す。

「ええ、そうです。確かに能力的には兄上は凡庸《ぼんよう》そのものではありますが、だからこそと言いますか、ついつい助けたくなります。自分がついていないとこの人は、という気にさせられるというか」

「それ、全然褒《ほ》めてないよな」

げんなりとノゾムは返す。

そこまで自分は頼《たよ》りなかったのかと、兄弟たちからまるで信頼《しんらい》されていないのかと悲しくなった。

「え？　心からの誉《ほ》め言葉なんですがね」

「どこがだよ」

「個人の力など高が知れております。国を治めるなど一人ではどうあがいても無理な芸当です。多くの人間に助けたいと、手伝いたいと思わせられる。これほど王に必要な資質はありません」

「むぅ、確かにそういうものかもしれないけどさ……」

頭では一応、理屈《りくつ》はわかる。

だが、どうにも納得できない。いや、納得したくない。

自分は皆《みな》に助けてもらう王ではなく、皆を助ける王になりたかったのだ。

父である周防勇斗のように。

「さらに言えば、強い者には弱い者の気持ちはわからぬものです。その点、兄上は民に寄り添《そ》い、民の求めるものがわかっておられる。これこそまさしく王の資質でしょう」

「はぁ、アーネス、言い方が悪いよ。凡庸だからとか弱い者とかさ、やっぱ君は心の機微《きび》ってのがわかってないね」

「むっ……きちんと説明せねばと思ったのですが……」

「君は小難しく考えすぎなんだよ。僕《ぼく》たちが兄さんを助けたくなるのはさ、もっと単純にさ、兄さんが優《やさ》しく善良な人柄《ひとがら》で、兄弟みんなから好かれてるからさ。……ってあれ？　なんか難しい顔してるね」

「それもコンプレックスの一つだからな」

唇《くちびる》を尖《とが》らせて、ノゾムは引き攣《つ》った笑みを浮《う》かべる。

優しく善良、など他に褒める場所がない時に使う言葉だと思う。

加えて、勇斗がしばしばそんな自分を責めていたのをよく覚えている。王として全然それがいいことだとは思えなかった。

「長所と短所は紙一重ってやつだな。ノゾムの兄者は自分の武器を知らなすぎる」

ウィズがやれやれと呆れたように、嘆息しながら言う。

言外にまぬけと言われている気がする。

でも確かにその通りではあるのだろう。

長所と短所はコインの裏表で、本気でそこを嫌《きら》っていたからこそ、その裏側が見えなかった。

自分にないものを獲得《かくとく》しようとがむしゃらに頑張《がんば》ってきたが、もしかしたら最も身近なところに落ちていた、なんてオチなんだろうか？

だとしたら、本当に救われない。

いったい今までの苦労は何だったというのか。

「つまりなにか？　俺には神輿《みこし》の才能があるってことか？」

なんて有《あ》り難《がた》くない才能だろうか。

こんな才能、投げ捨ててしまいたいというのが正直な気持ちだった。

「そういうことです。私にはどうしても手に入れられそうにないものです」

「だね。僕たちはドライすぎるからなぁ。兄さんほどお人好《ひとよ》しにはなれない」

「やっぱ馬鹿にしてるだろお前ら」

思わず舌打ちとともに吐き捨てる。

だが、同時にストンと落ちるものがあったのも確かだ。

二人の冷静沈着《ちんちゃく》なところに憧《あこが》れていて今まで見えなかったが、確かに彼らの客観性の高さは同時に、どこか他人事《ひとごと》感がある。

一線を引かれているように感じる者も多いだろう。

多分、そういうことなのだ。

「まあ、ノゾムの兄者はいわば劉邦《りゅうほう》タイプの王だってことだな」

ウィズがしたり顔で言う。

劉邦のことは父親のうんちく話でちらっと聞いた覚えがあった。

中国で漢の国を興《おこ》した英傑《えいけつ》だったはずだ。

能力自体は凡庸で有能とはお世辞にも言えない人物だったのだが、妙《みょう》に人を惹《ひ》きつける才能があり、有能な家臣に恵《めぐ》まれ彼らに助けられて天下を獲《と》ったという。

どちらかと言えば、ノゾムとしてはその好敵手であった項羽《こうう》に憧れたものだが、やはり人生はままならない。

「はああああ、わぁったよ。俺の仕事は癖《くせ》の強い弟妹たちのまとめ役、だな」

国なんて大きいものを見ていまいちピンとこなかったが、それなら出来る気がした。

どの弟妹たちとも、そこそこ仲良くやれていると思う。

言うことも無茶《むちゃ》な願いでない限りは、聞いてもらえている。

喧嘩の仲裁《ちゅうさい》もよくしてきた。

自分は父のように、他人を引っ張っていくタイプではなく、あくまで人と人との間を調整するのに適した人間なのだ。

ならば自分のすべきことは、自らの無能を強く自覚し、適材適所に人を配し、恥《は》ずかし気《げ》もなく人を頼り、人を活かすことだ。
「アーネス、さっきの案、採用だ。進めてくれ。ケツは俺が持つ」
わずかの迷いもなく、ノゾムは言い切る。
自分が輝《かがや》くことは、諦《あきら》めた。自分にその才はない。
ならせめて責任だけは取る。そこだけは断固として譲《ゆず》らない。
それがノゾムの最後の意地だった。
だが、彼は気づいていない。
それこそが、上に立つ者にとって下の者が最も求める心得の一つであった。

「ふん、彼奴《あいつ》らはなす術《すべ》なく居竦《いすく》むのみ、か」
ジッと敵陣のある方向を睨みつつ、バベルは呟《つぶや》く。
スオウユウトという男には、謎《なぞ》の技術がある。
息子《むすこ》もその技術を用いた武器を使ってくるかもしれない。
その危惧《きぐ》から、騎馬隊と複合弓を使って、様子見をしてみたのだ。
何か隠《かく》し玉《だま》があっても、遠距離《えんきょり》で騎馬《きば》なら被害《ひがい》を最小限に出来ると踏《ふ》んで。

「何も仕掛けてこなかったということは、敵は天の国の知識を継承《けいしょう》していないのか？」

それを用いれば、甚大《じんだい》なる天罰《てんばつ》が下るとスオウユウトは常々口にし、実際、ターフルシーシュとの戦いの後は、固く使用を禁じていた。

その考えは徹底《てってい》しており、あの甘《あま》い王にしては珍《めずら》しく、厳罰《げんばつ》をもって取り締まったほどだ。

やはり息子にも使わせる気はないということなのだろう。

「まあ、一度で判断するのは早計か」

こちらを油断させるための罠《わな》の可能性も捨てきれない。

もうしばらく、騎馬隊で牽制《けんせい》し様子見するのが上策だろう。

数日、亀《かめ》のように耐えるのみならば、何もないと判断し長槍重装歩兵密集陣《ファランクス》で一気に片をつける。

バベルがそう算段したその時だった。

「報告します！　反乱軍がこちらに向かって進軍を開始しました！」

「ほう！」

伝令の報告に、バベルは小さく目を瞠《みは》らせる。

なかなかいい判断だと思った。

騎馬隊は動いたばかりでかなり疲弊《ひへい》している。すぐには動けない。

その隙《すき》を衝《つ》いたといったところか。

「敵の槍《やり》はどういう感じだった⁉」

「どういう、とは？」

「うちほど長かったのかと聞いている！」

「あっ、それほどではありませんでした。通常の至って普通《ふつう》の長さの槍です」

「そうか！」

にぃぃぃっとバベルはその口《くち》の端《はし》を邪悪《じゃあく》に吊《つ》り上げていく。

これは決定的だろう。

やはり敵は天の国の兵器・戦術を封印している。

「ならば俺の敵ではないな」

ノゾムのことは幾度か剣術《けんじゅつ》の手ほどきをしたこともあるので見知っている。

はっきり言えば、剣術の才気はまったく感じなかった。

その縁《えん》で何度か話したことはあるが、性格的にも「狂《きょう》」を感じなかった。

何かを極める者は、その心根がどこか歪んでいる。

ノゾムにはそれがなかった。

よく言えばバランスが取れた人格をしているといえるが、怖くはない。

「ふん、差し詰《ず》め、左右の森に伏兵、折を見て左右を突く、といったところか」

バベルはアーネスの目論見《もくろみ》をピタリと言い当てる。

彼は現在の《鋼《はがね》》の大宗主《レギンアーク》である。

このあたりの地形は頭に入れてある。

ここに陣を敷いたという話を聞いた時点で、伏兵を警戒《けいかい》していた。

いかにアーネスやシグルドに才があろうと、やはりまだ経験不足の感は否《いな》めない。

才があり、経験も豊富なバベルに戦場では一日の長があった。

「騎馬隊に伝令、今は休憩《きゅうけい》し、右側の森からの伏兵を警戒せよ。ドゴス隊二〇〇〇は左側からの攻撃《こうげき》に備えよ！」

矢継《やつ》ぎ早《ばや》に指示していく。

長槍重装歩兵密集陣《ファランクス》では、兵士は左手に盾を持っている。その関係で、右からの攻撃に弱いのだ。

それを考慮《こうりょ》して、最強の騎馬隊を右側からの攻撃に控《ひか》えさせておく。

これで準備は万端《ばんたん》である。

「さあ、現実を見せてやろう、箱入り王子！」

「やはり長槍重装歩兵密集陣《ファランクス》ですか。天の国の知識を使う気満々ですね」

「そうみたいだな」

アーネスの呟きに、ノゾムも苦々しげに頷く。

対するこちらの武装は、時代に合わせ普通の槍による密集陣である。

正面からぶつかれば、一方的にこちらが蹂躙《じゅうりん》されるのは目に見えていた。

「ふっ、きっとリーチで有利なのは自分たちだと思っているんでしょうね」

確かに、槍の長さだけで言えば、敵側のほうが倍近く長い。

だがそこに、油断がある。

「普通に突き出したら勝てない。ならば、投げればいいんですよ」

今まさに接敵するというその瞬間《しゅんかん》だった。

ヒュンヒュンヒュン！

ノゾム軍より次々と槍がバベル軍へ投擲《とうてき》されていく。

いくら敵の槍が長かろうと、投げた槍より遠くには届かない。

かつ敵の槍は長すぎて、投げるのには向いていない。

その差を利用した一手であった。

「なっ！」

「ぐっ！」

「た、盾が⁉」

バベル軍から困惑の声が次々と上がる。

勇斗は矢を画期的に改良したため使うことはなかったが、古代において投槍はなかなかに優《すぐ》れた兵器である。

なんといっても、槍は矢に比べて、はるかに大きく重量がある。

つまり、格段に威力があるということだ。

大抵《たいてい》の矢なら防げるであろう盾も、これには一たまりもない。

次々と貫通《かんつう》していく。

そのまま敵の胴体《どうたい》まで串刺《くしざ》しに、とまではいかないが、数キロもある――しかも長いためなおさら重く感じる――槍が突き刺《さ》さった盾など重くて到底扱《とうていあつか》えるものではない。

戦場で、いままさに接敵を仕掛けた瞬間に、巨大《きょだい》な重りで身体の動きを封《ふう》じられる兵士たちの恐怖《きょうふ》たるや、想像するに容易《たやす》い。

瞬《また》く間《ま》にバベル軍は恐慌《きょうこう》状態に陥《おちい》った。

「全軍、抜刀《ばっとう》！　突っ込《こ》めー！」

「「「「おおおおおっ!!」」」」

まさにここが好機と、ノゾムは声を張り上げると同時に、ノゾム軍から鬨《とき》の声が巻き起こる。

先程《さきほど》は散々、矢の雨にじっと耐えさせられたのだ。

その鬱屈《うつくつ》を爆発《ばくはつ》させるように、兵士たちが突撃《とつげき》していく。

「ぎゃあっ！」

「うわっ！」

「ぐあああっ！」

次々とバベル軍の陣営《じんえい》から悲鳴があがる。

剣戟《けんげき》の音がほとんど聞こえてこないあたり、どうやら一方的な展開のようである。

それだけ敵兵は混乱しているのだろう。

「アーネス、お前の策がハマったな！」

興奮した笑みとともに、ノゾムは弟のほうを振《ふ》り返る。

まず槍で敵の盾を使い物にならなくし、その混乱に乗じて剣《けん》で攻《せ》める。

それがアーネスの立案した作戦だった。

最初に聞いた時は、ノゾムもさすがに難色を示した。

槍は戦場での主力兵装である。

それを使い切りで投げるなど狂気《きょうき》の沙汰に思えたのだ。

だが、今のままではどうせ長槍に負けるだけ、との説明に採用を決意した。

それが大当たりだった。

「やっぱお前が一番、父上の才を受け継いでいるよ」

冗談《じょうだん》抜きで、ノゾムはそう思った。

そしてそれは間違《まちが》いなかった。

もしこの場に勇斗がいたら、心底から驚《おどろ》きを露《あら》わにしていただろう。

この戦術こそまさに、ローマ軍がギリシアのファランクス戦術を撃破《げきは》したやり方そのものだったのだから。

その一〇〇〇年以上先の戦術に、アーネスは自力で到達《とうたつ》していたのである！

「前線が押《お》され気味です！　こ、このままでは……」

「わかっている！」

伝令の言葉に、バベルは八つ当たり気味に怒声《どせい》を返す。

まさか主兵装たる槍を投げつけてくるとは、想定外もいいところである。

長槍重装歩兵密集陣《ファランクス》にまさかこんな対策があるなど夢にも思わなかった。

「くそっ、してやられたわ」

忌々《いまいま》しげに、バベルは吐き捨てる。

おそらく敵は父であるスオウユウトから対策を教えられていたのだろう。

すでに前線は敵味方入り乱れる混戦状態になっていた。

こんな状態ではもう、長槍は無用の長物である。

近距離《きんきょり》での取り回しが容易な剣の独擅場《どくせんじょう》だ。

このままでは混乱は全軍に波及《はきゅう》し、総崩《そうくず》れとなりかねない。

「ちっ、これはもう俺が出張るしかないか。馬を引け！」

叫《さけ》ぶや、バベルは自らの愛馬に乗って前線へと一人駆《か》け出す。

彼《かれ》もまたエインヘリアルであり、数多の戦を潜《くぐ》り抜《ぬ》けた猛者《もさ》であり、一代の傑物《けつぶつ》であった。

戦場の流れのようなものを心得ている。

今この場で動かねば負ける。

逆に言えば、自分ならばまだ立て直せるという確信にも似た自負があった。

「せやっ！」

「ぐあっ⁉」

瞬く間に最前線へとたどり着くや、敵兵を切って捨て、

「狼狽《うろた》えるなぁっ！」

雷鳴《らいめい》のごとき一喝《いっかつ》を放つ。

名将の資質の一つに、声の通りやすさというのがある。

不思議とその声はけたたましい戦場の中でも不思議と通る。

そんな声質の人間がいるのだ。

勇斗もその一人であり、そしてバベルもまたそうであった。

「おおっ、バベル様だ！」

「バベル様が来たぞ！」

兵たちから歓声《かんせい》が上がる。

民からはあまり好かれていないバベルであるが、兵たちからの信頼は高かったりする。

ひとえに彼が強いからである。

個人としても、将としても。

この人に従っていれば勝って家に帰れる。

そう思わせるだけの実績とカリスマ性を、彼は保持していたのだ。

「盾がいかれたものは盾を捨てろ。間合いに入られた者も槍《やり》を捨て剣で応戦しろ！」

その言葉で、兵士たちの顔に希望が灯《とも》り、指示通りに動き出す。

それでもまだ劣勢であることには変わりはないが、多少の時間稼ぎになる程度の効果はある。

「盾が無事な者たちは戦列を立て直せ！　投げ槍などの奇策《きさく》、二度目はない！」

力強く自信満々に喝破《かっぱ》する。

そしてそれは正しかった。

盾に槍が刺さり身動きがとれなくなったのは前列の者たちばかりである。

後列の者たちは未《いま》だ無傷な状態なのだ。

前列の動揺に釣《つ》られて後列の兵たちも混乱し浮足立《うきあしだ》っていたが、冷静にさえなれば、相手は剣でこちらは長槍なのだ。

間合いの差は歴然としており、未だ有利なのはこちらなのである。

「さあ！　《鋼《はがね》》の勇者たちよ！　ここが正念場だ！　奮起せよ」

「「「「おおおおおっ!!」」」」

バベルが剣を掲《かか》げると、鬨の声が沸き起こる。

最初の劣勢《れっせい》などなんのその、少しずつ少しずつ、バベル軍はノゾム軍を押し返し始めていた。

「あの状況から持ち直してきてやがる……やっぱとんでもねえな」

口惜《くちお》しさに、ノゾムは下唇《したくちびる》を噛《か》み締める。

やはり、バベルは強い。

曲がりなりにもヨルゲンの後見を受け、勇斗から大宗主《レギンアーク》を襲名《しゅうめい》しただけはあった。

勇斗の理想を継がなかったというだけで、相応の傑物であることに変わりはないのだ。

「ええ、これでいけると思ったんですがね」

アーネスも渋面になっている。

それが戦局の厳しさを物語っていた。

「それでも好機であることに変わりはない。ここで一気に畳《たた》みかけたいな」

「そうですね。良い頃合《ころあ》いかと。シグルドやハウグスポリたちにも合図を出しましょう」

「よし！　法螺貝《ほらがい》を鳴らせ！」

ブオオオオオオ！
高らか戦場に法螺貝の音が響《ひび》き渡《わた》り――
「ははっ、ようやく出番か！」
ノゾムのいた場所から離《はな》れた森の中で、シグルドがその口の端を楽し気に吊り上げる。
母であるファグラヴェールのルーンの影響《えいきょう》だろうか。
戦場に鳴り響く合図の音には、子供の頃《ころ》から妙に心惹かれるものを感じていた。
「シグルド隊！　出るぞ！　ここで一気に敵を蹴散《けち》らす！」
掛《か》け声とともに撃《う》って出る。
敵が長槍重装歩兵密集陣を敷《し》いていることは、すでに把握《はあく》している。
その弱点もだ。
側面から自分たちが切り込めば、一気に敵は瓦解《がかい》する。
そんな重大な役目を与《あた》えてくれた兄には、心から感謝しかない。
自分は戦うことしか能のない男なのだから。
「ふん、まあ、そう易々《やすやす》とは行かせてくれんよな」
現れた敵影《てきえい》に、シグルドはにぃっと不敵な笑《え》みを浮かべる。
初戦にてノゾム率いる本隊を翻弄《ほんろう》した騎馬隊《きばたい》である。

だが、問題はない。

対策は準備してある。

いや正確には、前もって用意していたものが結果、対策になったというべきか。

「ぱおおおおおん！」

その咆哮《ほうこう》に、敵の馬たちがびくっとたじろぐ気配が、遠くからも明らかに察せられた。

この時代にないものは使ってはならない。

それが勇斗が言い渡した絶対厳守のルールである。

だが言い換《か》えるなら、この時代にあるものならば普通に使っていいのだ。

象ならば、四方領域で普通に手に入る。

使わない手はなかった。

「はははははっ！　蹴散らせ蹴散らせ蹂躙しろ！」

哄笑《こうしょう》とともに、シグルドは咆《ほ》える。

さすがに数は揃《そろ》えられず、わずか五匹《ひき》程度であるが、その圧倒的巨体《あっとうてききょたい》が持つ効果は絶大だった。

こちらに向かってきていた騎馬が、騎手《きしゅ》の言うことを聞かずに進まない。

あるいは逃《に》げるように方向転換《てんかん》し、酷《ひど》い時には騎手を振り落として逃走《とうそう》していく。

「よぉし！　このまま敵本隊の横っ腹に食いつくぞ！　……っておい⁉」

叫ぶも、象たちが方向を転換することなく、そのまま突《つ》き進《すす》んでいく。

訓練期間が短かったのが影響しているのだろう。

指示通りに動いてくれないらしい。

やはりそう何事もうまくは進んでくれない。

だが、騎馬隊が恐慌状態に陥り、今が好機なことには変わりはない。

「仕方ない！　このまま俺たちだけで敵に切り込むぞ！」

シグルドは剣を掲げ、一気に突っ込んでいく。

トラブルにもすぐさま対応し、瞬時《しゅんじ》に的確な判断を下せる。それが彼の現場指揮官としての強みである。

だが、考えてのことではない。

自らの身体に流れる父母の血が教えてくれるのだ。

ここが勝敗の分かれ目だ、と。

自分がそれを決定づける場にいる。

それがなんとなくわかるのだ。

そしてその事実に、心と体がかつてないほどに昂揚《こうよう》する。力が湧《わ》いてくる。

「どけどけどけーっ！」

敵を斬《き》っては捨て、斬っては捨て、突き進んでいく。

そしてついに標的を視界に捉《とら》える。

幼い頃に見た風貌《ふうぼう》と、ほとんど変わっていない。一目でわかった。

「僭王バベル！　その首、頂戴《ちょうだい》する！」

「っ⁉　ファグラヴェールの子か！」

あちらも自分のことを覚えていたらしい。

胸が高鳴る。

この男とはぜひ一度、本気で手合わせしたいと思っていたのだ。

それが叶《かな》う。

野獣《やじゅう》の笑みとともに、シグルドは剣を振り下ろす。

キィン！

二人の剣が交錯《こうさく》し、甲高《かんだか》い音を響かせた。

「うおおおおおおっ‼」

「ぐぬっ！　くっ！」

シグルドの怒涛《どとう》の攻めに、バベルは防戦一方に追い込まれていた。

野獣の剣とも言うべきか、なんとも荒々《あらあら》しい剣である。

勇斗とファグラヴェール、どちらも冷静な思慮《しりょ》深い人物だというのに、意外というかなんというか。

（いや、そうでもないか）

よくよく考えれば、勇斗はその奥《おく》に苛烈《かれつ》な部分を持っていたし、ファグラヴェールはファグラヴェールで人の獣性《じゅうせい》を引き出すようなルーンを持っていた。

この少年の荒々しさはまさに、二人のそういう部分が凝縮《ぎょうしゅく》されているのかもしれない。

「はああっ！」

「ぬぅっ！」

受けた手に、軽い痺《しび》れが疾る。

年はまだ一五～六、身体もそう大きいわけでもないというのに、いったいどこからこれほどの力を出しているのか。

（大したものだ）

明らかに、同じ年《とし》の頃《ころ》の自分より強い。

エインヘリアルでない以上、才能という面では自分より明らかに劣《おと》っているはずだというのに。

相当、自分を追い込んできたのだろう。

いやいやではなく、自ら好き好んで。

まさしくそういう人間ならではの強さをひしひしと感じる。

「だがまだ若い」

くんっとその剣先《けんさき》の力を受け流す。

バベルは別になすすべなく防戦一方になっていたわけではない。

その太刀《たち》筋《すじ》を、動きの癖をじっくり見ていたのだ。

彼の剣は確かに速く力強いが、それだけだ。

年齢《ねんれい》も若く仕方ないが、巧緻《こうち》に欠ける。

それでは自分には届かない。

「今度はこちらの番だな」

「ぐっ！　ぐううううっ⁉」

バベルが攻勢《こうせい》に転ずる。

たちまち攻守《こうしゅ》は逆転し、シグルドが防戦一方になる。

「ほらほら、どうしたどうした⁉」
煽《あお》る言葉とともに、剣を振り、一手一手、確実に追い詰《つ》めていく。
決してシグルドが弱いわけではない。
この年にしては、彼の実力は突出《とっしゅつ》している。
だが、バベルとてジークルーネの薫陶《くんとう》を受けている。
幾度《いくど》も戦場に立ち、修羅場《しゅらば》をくぐってその武を磨《みが》いてきた。
はっきり言えば、年季が違《ちが》うのだ。
「せぇいっ！」
バベルの渾身《こんしん》の一撃《いちげき》が、シグルドの剣を撥《は》ね上げる。
そのがら空きの胴《どう》に、返しの刃《やいば》で横薙《よこな》ぎに斬りつける。
殺《や》った。そう確信できるタイミングだった。
が――
ゴッ！
「なにっ⁉」
信じられない事態に、バベルは思わず目を剥《む》く。
バベルの剣が、シグルドの肘《ひじ》と膝《ひざ》に挟《はさ》まれ、見事に止められていた。

まさか実戦で、しかも自分相手にこんなことをしてのけるとは！

「はあっ！」

続けざま、シグルドの剣が振り下ろされてくる。

「くっ！」

咄嗟《とっさ》に身体を逸《そ》らすも、さすがに予想外の事態に反応が遅《おく》れた。

ザシュッ！

顔面に熱さにも似た痛みが疾る。

だが浅い。致命傷《ちめいしょう》ではない。

ダッと地面を蹴《け》り、距離《きょり》をとって確認《かくにん》する。

不幸中の幸いというべきか、とりあえずどうやら眉間《みけん》から唇にかけて浅く切り裂《さ》かれた感じで、両目とも無事だ。

これなら血が目に入る心配もなさそうであり、戦闘《せんとう》には支障はない。

「はあ、はあ……今のはさすがに焦《あせ》ったぞ」

この言葉は、バベルの本心だった。

彼の人生で、これほど心胆《しんたん》を寒からしめられたことは覚えがない。

死の危険もそうだが、なによりシグルドのセンスに、である。

自分の剣撃を肘と膝で挟むなど、おそらく一〇回に一度も成功するとは思えない。

それを実戦で、最初の一回を引き当てられる。

その集中力と幸運は、武の神に愛されているとしか思えない。

まったくまだ年若い小僧《こぞう》ながら、恐《おそ》ろしい強敵であった。

「だが、その代償《だいしょう》は大きいようだな？」

にぃぃっとバベルは勝利を確信した笑みを浮かべる。

好機であるはずにもかかわらず、シグルドは追撃《ついげき》をかけることなく、その場で顔を歪《ゆが》めている。

「その肘と膝では、もう戦えまい」

鉄製の剣に思いっきり打ち付けたのだ。

ただで済むはずがなかった。

おそらく骨が砕《くだ》けたか、少なくともひびぐらいは入っている。

もうまともに立って動くこともままならないに違いない。

それではもう、自分の敵ではない。

「……それがしの負け、か」

「ああ、そうだ。貴様の負けだ。いや、貴様らの、な」

おそらくこの側面攻撃が、彼らの切り札であったことは間違いない。

だがそれを封じた以上、地力で勝るバベル軍が負ける道理はない。

今この瞬間、シグルドの敗北によって、戦の勝敗も定まったのだ。

「そいつはどうかな？　あんたの負け自体はもう決まってたのさ。あの人が俺たちに付いた時点で、な」

「あの人？　……っ⁉」

いぶかしげにバベルが眉《まゆ》をひそめたその瞬間だった。

ぞわわっと背筋にとんでもない悪寒《おかん》が疾る。

なんだ⁉　神か悪魔《あくま》でも降臨したのかと思えるほどの圧である。

慌《あわ》てて振り返る。

「この程度のに完敗とは、帰ったら一から鍛《きた》え直さないとだな」

その長い黒髪が、風にたなびく。

戦場には似つかわしくない、絶世の美女である。

だが、そんなことはまったく気にもならなかった。

バベルが目を奪《うば》われたのはその瞳《ひとみ》である。

両眼に妖《あや》しくルーンが輝く。

そこにいたのは、絶対不可侵《ふかしん》、全てを蹂躙する圧倒的強者《あっとうてき》だった。

「僭主《せんしゅ》バベル、捕《と》らえたぞー！　我らの勝利だー！　神帝万歳《テイウダンスばんざい》!!」

「「「「神帝万歳《テイウダンス》!!」」」」

戦場に高らかに勝鬨《かちどき》が上がる。

どうやらなんとか勝利することができたらしい。

捕縛《ほばく》ということは、おそらくはホムラの手によるものか。

いくらシグルドが兄弟一の剣の腕《うで》を誇《ほこ》るといっても、エインヘリアルの猛者バベルを生け捕《ど》りにできるとは考えづらい。

「どうやら保険が上手《うま》く効いたようですな。後はシグルドが生きていれば万々歳《ばんばんざい》ですね」

「不吉《ふきつ》なこと言うなよ」

アーネスの淡々《たんたん》としたつぶやきに、げんなりとノゾムは返す。

シグルドは少々、戦闘狂《せんとうきょう》なところがある。

バベルと戦うのは俺だ、と作戦会議中から強硬《きょうこう》に主張していたのだ。

なんとか怪我《けが》ぐらいで済んでいてほしいところだった。

「しかし、よくホムラ姉の協力なんか仰《あお》げたな。あの気まぐれな人をいったいどうやって説得したんだ？」

作戦前は目の前の戦のことで頭の中がいっぱいいっぱいだったのだが、今さらながらに気になってくる。

織田ホムラは、はっきり言えば自由人である。

勇斗の部下ではなく、あくまで客人扱《あつか》い。

ゆえに、あの勇斗の言うことすら聞くことはない。

自らの道だけを突き進む女傑《じょけつ》だった。

「別に簡単でしたよ。なんだかんだあのひと、エフィ姉さんやシンモラには弱いですから」

「あ～……」

ノゾムもそういえばと思い出す。

あの天上天下唯我独尊《てんじょうてんげゆいがどくそん》の姉貴分だが、エフィーリアの言うことだけは渋々《しぶしぶ》引き受けるところがある。

いわく「あいつに泣きそうな顔されるのは嫌《いや》なんだ」とのことだ。

「夫が心配で、ってエフィ姉さんに泣きついてもらえれば、いちころでしたわ」

「それ、ホムラ姉の前では絶対に言うなよ」

「わかってますよ、私だって命が惜《お》しい」

ははっと引き攣《つ》った笑みを浮《う》かべるアーネス。

さすがに冷静沈着《ちんちゃく》、豪胆《ごうたん》不適な軍師も、ホムラだけは怖《こわ》いらしい。

「まあ、そっちより問題は、親父《おやじ》のほうだな。ホムラ姉の力を借りたんじゃ、認めてもらえないかもしれない」

深刻そうに眉をひそめて、ノゾムは呻《うめ》くように言う。

ホムラはいわば存在自体が反則のようなものである。

ぶっちゃけ彼女《かのじょ》さえいれば、たいていの戦には勝ててしまう。

そんな人間の力を借りても、果たして勇斗が自分を次の《鋼《はがね》》の王として認めてくれるのか、はなはだ疑問というしかない。

「それは問題ないかと。あくまで申し付けられていたのは、天の国の知識を使わない事、です」

しれっとアーネスは自信ありげに言い切る。

だが、ノゾムの懸念《けねん》は晴れない。

「けど、義母《かあ》さんたちの力を借りることも禁止してたし……それに……なんかズルして勝ったみたいじゃねえか」

唇《くちびる》を尖《とが》らせつつ、ノゾムは言う。

もちろん、後悔《こうかい》はしていない。

ホムラの力を借りなければ、戦に負けていた可能性も高い。

四の五の言っていられる状態ではなかった。

だが、自分の無力がただただ悔《くや》しかった。

「兄さんは難しく考えすぎじゃないかなー」

軽い調子で、ルングが話に割《わ》り込んでくる。

彼は笑って続けて、

「だいたいズル《チート》は父上の専売特許でしょ？　今さらそれで息子《むすこ》を責める資格がどこにあるのさ」

「ま、そういうことですね。こういう抜け穴《あな》を突くずる賢《がしこ》さを褒《ほ》めこそすれ、責めるひとではないですよ」

「そうそう、繰《く》り返すけど、父さんがそもそもそういう人だしね！」

「自分を棚上《たなあ》げして相手を責められる人でもないですしね」

アーネスとルングが口々にこき下ろす。

なるほど、確かに皆《みな》の話から伝え聞くスオウユウトという人物は、まさにそう言う人物だった。

自分はちょっと複雑に、深刻に考えすぎていたのかもしれない。

「まあ、なんか文句言ってきたら論破してやりますよ」

「及《およ》ばずながら、僕《ぼく》も手を貸すよ」

「わたしも手伝う」

ニッと心強いことをいってくれるアーネスとルングに、ウィズもグッと拳《こぶし》を握《にぎ》って言ってくれる。

こんな兄想《おも》いの弟妹《ていまい》たちに嫉妬《しっと》していた自分が、心底から恥《は》ずかしい。

そして同時に、とてもありがたく思う。

こんな不甲斐《ふがい》ない兄を信じ、盛り立ててくれることに。

自分には誇れるものが何もないと思っていた。

だが、そんなことはなかった。

この愛すべき弟妹たちこそが、自分の何より一番の、そして誇れる財産だった。

「そうか！　ノゾムたちが勝ったか！」

クリスティーナから速報を聞くなり、勇斗は声を弾《はず》ませた。

王となるからには、自分の力を借りずになんとかできるぐらいにはなってもらわねばならない。

自分はこの世界では極《きわ》めてイレギュラーな存在だから。

その一念で助力しないことを決断したが、実際は心配で心配で仕方なかったのだ。

「しかしクリス。大失態だな？　天の国の技術を使っている形跡《けいせき》はないんじゃなかったのか？」

アブミに複合弓、長槍重装歩兵密集陣《ファランクス》、この時代にないものばかりである。

そんなものをバベルが保持していたなど、まったくの初耳だった。

これなら十分勝算があると思ってノゾムたちを送《おく》り込んだというのに、実際の戦力は桁《けた》違《ちが》いだとか、聞いた時には血の気が引いたものだ。

「申し訳ありません。どうやら《鋼《はがね》》に潜《ひそ》ませていた者たちが買収されていたみたいで。

それに気づかなかったワタシの失態です」

「気をつけろよ。さすがに姪《めい》っ子《こ》ボケしすぎだ」

「はい……」

自覚があるのか、彼女にしては珍《めずら》しくシュンとした様子だった。

最近のクリスティーナは勇斗とアルベルティーナの間に生まれたクリアがひたすら可愛《かわい》くて可愛くて仕方ないらしく、暇《いとま》を見つけては彼女のそばにべったりしている。

いや、暇を見つけてなんて言葉は生ぬるい。

仕事の大半を部下に押し付けて、時間を確保している状態だ。

それが今回のミスを生んだと言える。

クリスティーナのことだから仕事はきっちりやっているだろうと勇斗は思っていたのだが、甘《あま》かったらしい。

一方で、勇斗としては嬉《うれ》しくも感じているのだが。

クリスティーナの興味関心愛情は、ひたすらアルベルティーナだけに注がれていた。

それは少々、いびつで寂《さび》しいものだ。

姪っ子とは言え、アルベルティーナ以外に愛を注げる存在が現れたことは、喜ばしいことだと思う。

「だが、チートまで使ったバベルを退けてしまうたぁ、な。ガキどもも大したもんだ。もうあんま子供扱いできねえな」

「まあ、最後はホムラの力を借りたみたいですけどね」

「それもあいつの力だろ」

フッと自慢《じまん》げに、勇斗は口《くち》の端《はし》を吊り上《つ》げる。

ノゾムは一見、突出した才能を持っていない。愚鈍《ぐどん》では決してないのだが、平凡《へいぼん》な人間と言えるだろう。

だが妙《みよう》に、愛嬌《あいきよう》があって親しみやすく人を惹《ひ》きつける力がある。

誰《だれ》もが彼に力を貸したくなる。

それは、王としては唯一無二《ゆいいつむに》の力だ。血のつながりこそないのだが、彼の義母であるシグルドリーファにも、そういうところがあった。

心根も善良で温厚篤実《おんこうとくじつ》。

弟たちに支えられながら、きっといい王になるだろう。

今回の戦いでそれが確信できた。

「さて、おせっかいではあるが、最後にちょっとだけ一仕事するか。天の国の知識を使えばどうなるか、きっちり恐怖を植え付けておかねえとな」

その日、突如《とつじよ》、天から飛来した岩石群により、建造中のターフルシーシュの聖塔《フリズスキャールヴ》と、バベルの銅像は、木っ端微塵《こっぱみじん》に破壊《はかい》されることとなる。

人々は口々に天の知識を悪用し天に攻め込もうとしたバベルに、天が裁きを下したのだと噂《うわさ》したものである。

EPILOGUE

「俺は旅に出ることとした。数年は帰らないと思う」

「は？」

突然《とつぜん》の勇斗《ゆうと》の宣言に、執務《しつむ》室《しつ》で仕事に追われていたノゾムは、キョトンとした顔で書類から顔を上げ見返してくる。

ノゾムがターフルシーシュを奪い返して、はや一年が経《た》った頃である。

ノゾムの統治は概《おおむ》ね順調である。

アーネスやルングが上手くやっているのだろう。

「こっちは国政改革で忙《いそが》しいってのに、相変わらず優雅《ゆうが》なもんだな」

それでもかなり忙しそうではあるが。

「自分で勝手に苦労背負《せお》い込《こ》んだんだろう？」

むすっとした顔で皮肉ってくる息子に、勇斗は思わず苦笑《くしょう》しながら返す。

我《わ》が子ながら、酔狂な人間だとつくづく思う。

だが、おかげで助かったのも事実だった。

「ま、感謝してるよ。これで俺は日本に帰ることができる」

ずっと帰りたいと思っていた。

もちろん、そこに二一世紀の日本があるとは思っていない。

似ても似つかぬ自然の原野が広がるのみだろう。

それでも、帰りたかった。

そこが勇斗にとってやはり、生まれ故郷だったから。

だが、懸念もあった。

バベルが現代知識を使わない保証がなかった。

実際はこっそり作っていたのに気づけなかったのだが、いざという時には、それを止めるのが自分の務めだと思っていた。

それがゆえに、地中海から離れることができなかったのだ。

だが、もうその心配はない。

息子たちならば、現代知識を使うことはないと信じられる。

もう後顧《こうこ》の憂《うれ》いはない。

安心して、この地を離れることができる。

「ニホン、ね。確か東の果てにあるんだっけ？」

「ああ、現地を見てからでないとなんとも言えないが、問題がないようなら、定住も考えている」

これもずっと考えていたことである。

思えば、美月《みつき》には双紋《そうもん》がある。

そして、神帝《テイウダンス》の双紋は子孫に継承《けいしょう》できる。

これはおそらく、リーファから託《たく》された勇斗の双紋が、脈々と次代に受け継《つ》がれて、美月に発現した、と見るべきだろう。

勇斗をユグドラシルへと転移させた御神鏡《おしんきょう》も、日本に持ち込み安置する必要がある。

そうすることでようやく、三五〇〇年後、勇斗がユグドラシルに召喚《しょうかん》される準備が整うのだ。

「そうか。まあ、人間、結局、故郷がいいっていうしな……」

少しだけ寂しそうに、ノゾムは言う。

出来れば近くにいて欲《ほ》しいと思いつつも、勇斗の願いを優先してくれているのだろう。

本当にできた優《やさ》しい息子である。

「ああ、まあ、数年に一度は帰ってくるさ。お前も元気でやれよ！」

「その頃までには、復興して活気に満ちたタルシシュを見せてやるよ！」

「おう、期待してるぜ」

二人ともニッと不敵に微笑《ほほえ》んで、拳を打ち合わせる。

脳裏《のうり》に思い浮かぶのは、ノゾムの生まれたばかりの頃である。

もう二〇年以上も前のことだが、つい先日のように鮮明《せんめい》に思い出せる。

それが今や、立派に独り立ちし、男の顔をしているのだ。

感慨深《かんがいぶか》さもひとしおだった。

「んじゃ、そろそろ行くわ」

踵《きびす》を返し、勇斗は船に乗り込む。

まだスエズ運河はないはずだから、アフリカの喜望峰《きぼうほう》を回ってインド経由で日本に向かう予定である。

けっこうな長旅になりそうだが、一方で楽しみでもあった。

航海は実に半年に渡り――

「おお、この海岸だよ、この海岸！　島の形！　面影《おもかげ》がある！」

船から降り立った勇斗は、見覚えのある風景に年甲斐《としがい》もなく大はしゃぎする。

三五〇〇年前ではあるが、子供の時に見た景色と瓜二《うりふた》つである。

現代では本土と島は橋でつながれていたのだが、今はもうない。当時見た建物の類も一《いっ》切《さい》ない。

それでも、それでも地形にはしっかり見覚えがあるのだ。

「ほんとだ！　うわあああ、覚えてる覚えてる！　わたしあの辺でお父さんと釣りしたことあるもん！」

海に浮かぶ島を指さし、美月も目を輝《かがや》かせる。

彼女もとても懐《なつ》かしそうだった。

「へえええぇ、ここがお兄様の故郷なのですね」

風にたなびく髪《かみ》を押《お》さえながら、フェリシアは興味深そうに呟《つぶや》く。

その見事なプロポーションは未だ出会った頃そのままである。

「確か温泉があるのですよね？　楽しみです」

ワクワクと楽し気にジークルーネ。

一線を退いてからと言うもの、怪我の湯治をしているうちにすっかり温泉にハマってしまった彼女である。

「しっかし、ものの見事に未開の地って感じだなぁ。こりゃ色々大変そうだ」

むうっとイングリットが眉をひそめる。

彼女にはこれからも苦労をかけ、お世話になりそうだった。

「現地の民たちと、なんとか友好関係を築けるといいのだが……」

リネーアも難しい顔で、今からあれこれ考《かんが》え込んでいる。

この手のことには彼女はいつも頼《たの》もしい。

経験を経て、その辣腕《らつわん》ぶりにも磨きがかかっている。

彼女に任せておけば、万事《ばんじ》大丈夫《だいじょうぶ》だろう。

「一人では大変だろう。私も力を貸そう」

そう申し出たのはファグラヴェールである。

昔は《剣《つるぎ》》の宗主《パトリアーク》として、シグルドリーファを守る忠臣として気を張っており、どこか男装の麗人《れいじん》然としていた彼女だったが、母ともなり、今はもうすっかり女性らしい雰囲気《ふんいき》が漂《ただよ》う。

「なんというか、期待外れもいいとこですね」

つまらなさげに呟いたのはクリスティーナ。

天の国になにかしらの期待めいたものを持っていたらしい。今は未開の地に過ぎないと言っておいたはずなのだが。

「でも、すっごくいい風だよ。アタシは好きだな」

一方のアルベルティーナはニコニコと言う。

無事に事故に遭《あ》うことなく、ここまで来られたのはひとえに彼女のおかげである。

……いや、アルベルティーナだけではない。

ここにいる妻たち、そしてなにより、ヨルゲンやスカーヴィズ、ロプトをはじめ、ここにはいない仲間たちの助けがあったからこそ、自分は生きてまたここに戻《もど》ってくることが出来たのだ。

ただただ感謝しかなかった。

だからこそ、自分は最後の務めを果たさねばならない。

未来でまた彼《かれ》ら彼女らと出会うために。

その誓《ちか》いの下、勇斗は妻たちとともに小さな庵《いおり》と田畑を作り、子や孫たちに囲まれながら、八五歳《さい》の天寿《てんじゅ》をここ日本でまっとうする。

死後、彼の住んでいた庵のあった場所は、月宮神社と呼ばれるようになる。

やがて刻《とき》は流れ――

「ゆ、勇くん勇くん勇くぅん！　やめようよぉ！」

「おいおい、ここまで来て何言ってんだよ」

――刻は巡《めぐ》る。

The circle of fate revolves

あとがき

お久しぶりです‼

百錬の覇王と聖約の戦乙女最終巻になります。

作者の鷹山誠一です。こんにちは。

随分とお待たせしてしまいました。申し訳ありません。

色々と理由はあるのですが、その辺を最終巻のあとがきで書くのも無粋なので、作品の事を書いていきたいと思います。

いやぁ！　ついについについに完結ですよ。

この物語の構想を始めたのが、二〇一三年一月なので、なんと足掛け一〇年になります。

実は今作のエピローグの最後の文章は、一巻を書き上げた時点で決めていたので、ようやくそこに辿り着けて、感無量！　という感じです。

それにしても、体感的には短いんですが、それでもやっぱり一〇年って長かったんだろうなぁ。

当時まだ小学校二年生だったうちの娘がもう成人ですよ！

時の流れを感じずにはいられません。

でもその間、アニメ化もありましたし、色々いい事もありました。いい経験もさせていただきました。成長も出来ました。

百錬にはただただありがとうと言いたいです。


さて、終わったからできるキャラ紹介でもしていこうかなと思います。
○周防勇斗
主人公。作者の過去とか価値観とか思想とかをかなり近く設定して作ったキャラなので（もちろん誇張表現も多くまったく一緒ではないんですが）、基本的にはとても動かしやすいキャラでした。
この物語は彼の成長物語でもあったので、最後あたりはなかなかの超人になってしまってましたね（笑）
でも、作者的には一番思い入れがあって大好きなキャラです。
○フェリシア

勇斗の両翼その一。

割とメインヒロイン格として、各種、宣材となっていた子なんですが、人気的にはちょっといまいちっぽいです。

作者的には、一番お気に入りのヒロインなんですけどね。

なかなか難しい。

能力的コンセプト的には、前作「俺と彼女の絶対領域」において、メインヒロインが何の能力も持たない為、非常に物語に絡ませにくく苦労したので、副官たる彼女は勇斗との絡みも多いはずで、とにかく「なんでもできる」ようにしました。

性格コンセプトには、「飄々としつつも優しいお姉さん」。

ただ、鷹山はどうも飄々とした人間を描くのが苦手なようで、今みたいな感じに落ち着きました。
○ジークルーネ
勇斗の両翼その二。

彼女もフェリシアについで宣材になることの多かった娘です。

初期では読者人気一番だったとのこと。これは実は計算通り。

過去の設定はしてあったのですが、それを出せたのがかなり後半になってから。

当時の鷹山は、過去回想はテンポが悪くなると思っていてやらなかったのですが、最近はテンポを乱さない程度に短く挟み込むことでキャラに厚みが出来ると知り、もっと前にやっておけばなぁ、とちょっと後悔はあります。

能力的コンセプトは、まあ、シンプルに武力九五統率八〇。

あくまで主役は勇斗なので、ユングヴィ（一巻ラスボス・武力一〇〇）、スティンソール（二巻ラスボス・武力一五〇）と序盤は苦戦を強いられてましたが、どんどん成長していきましたね。

性格コンセプトは、ツンとデレの落差を大きく。

この娘も、性格的には鷹山に近いので書きやすかった記憶があります。
○美月
裏のメインヒロイン。

実は当初の構想では、八巻で勇斗が選択を迫られた時、彼女を捨てる予定でした。

しかし、さすがにここまで尽くしてくれた子を捨てるなんてできるはずもなく、気が付けば正妻の座に収まってました。

いやぁ、びっくりびっくり。

能力的コンセプトは、隠れエインヘリアル。

作中では検証ができないため明確に記述できなかったのですが、現代とユグドラシルで通信ができるのは、実は彼女のルーンの力です。

性格コンセプトは、健気で尽くしてくれる家庭的な理想の奥さん。

最初は普通の女の子だったはずなのに、前世の影響か、作者の意に反してどんどん「王の妻たる器」を発揮していった娘です。

○リネーア

アニメ版メインヒロイン（笑）

能力コンセプトは後方支援、勇斗にできない実務ができる子。

性格コンセプトは実はあんまりなくて、フェリシアやジークルーネはけっこう作者の萌えを入れ込んだキャラクターですが、リネーアは一巻の物語、二巻の物語を進める上での都合の良いゲストキャラクターという感覚でした。

ですが、どうもそれがよかったっぽいですね。

鷹山の最近の持論的に、「作者に近いほどキャラが濃くなる」というのがあって、そう言う無意識だからこそ、彼女は鷹山に近い生い立ち、近い価値観、近い思想を持つに至りました。

そう言う意味では、「うまくいかなかった勇斗」と言えるかもしれません。

アニメで客観的に自作を観察できた時、ヒロインの中では彼女が一番キャラたってなぁと思います。

○イングリット

報われないサブヒロインポジ（笑）

でも報われない子ほどかわいいよね（酷）

能力コンセプトは、作品コンセプトが、『現代チートで無双する』なので、製造担当が必要ということで配置。

彼女がいなければ、数々のチートは製造にかかる日数が何倍にも膨れ上がり、《狼》は詰んでいたはず。

実は貢献度という意味では、勇斗にあるいは匹敵するであろう《鋼》最重要キャラです。

性格コンセプトは、サバサバと男の距離感と価値観で付き合える、でも実は凄く女の子らしい。という鷹山の萌えをふんだんに盛り込みました（笑）

○クリスティーナ

ワンポイントなコメディ担当。

……のはずが、謀略関係の話相手に（笑）　どうしてこうなった？

まあ、でも、クールな知的キャラというのは、萌えはしないんですが非常に書きやすく、妹のアルベルティーナに比べとても書きやすかったです。

能力コンセプトは、『情報を制する者は世界を制す』というわけで諜報担当。

彼女の存在にはほんと助けられました。
○アルベルティーナ
コメディ担当その2。

能力コンセプトは、『暗殺対策』。

勇斗ぐらい突き抜けてると、暗殺を仕掛けてくる奴もいるよね、というわけで、アンチ暗殺ができる子もいるよね、と配置。

が、あんまり活きませんでしたね。

性格コンセプトは、『天真爛漫』。

でも前巻でも書きましたが、なかなかキャラがつかめず動いてくれないキャラ筆頭。

なまじ鷹山が、頭でっかちな人間であるだけに、何も考えずに行動する人間というのはどうも書くのが苦手みたいです。

こういう子好きなんですけどねぇ。難しい。

総じてなかなか後悔の残るキャラです。
○ヒルデガルド

以下略（笑）　まあ、こういう扱いも彼女らしいかな、と。


いやぁ、しかしあとがきページもあとわずかですか。

本当に感慨深いですね。

なんとか完結まで駆け抜けられてよかったです。

支えてくださった編集の方々。関係者各位。

イラストレーターのゆきさん先生。

応援してくださった読者の皆様。

この物語を書き上げられたのは皆さまのおかげです。

新作もお待たせしておりますが、原稿はほぼ完成しているので、年内の発売を目指して頑張ります。

スカーヴィズの転生後という裏設定で書いてますが、個人的にはかなりいい出来！

彼が幸せになる話なので、彼のファンは必見です。

というわけで、出来ましたら次回作でお会い出来たら幸いです。

長い長い間、『百錬の覇王と聖約の戦乙女』ご愛読本当にありがとうございました!!

あとがき（ゆきさん）

読者の皆様、あとがきでは初めまして。今作のイラストを担当させていただきました、ゆきさんと申します。

最終巻という事で、（一度は断ったにも関わらず）無理を言ってページを頂戴することができました。

この度は、『百錬の覇王と聖約の戦乙女』に最後までお付き合いいただきありがとうございました。そして最後に出てきてこんなことを言うのもなんですが、お待たせしてしまい申し訳ございません。

私の事情でイラストを描くことに集中できない時期が続いてしまい、ここ数巻はイラストの点数も落ち、読者の皆様及び編集さんや鷹山先生にも大変ご迷惑をお掛けしてしまいました。まともに描けるような状態を取り戻したのは最近のことで、それまで我慢して下さった編集さんには頭が上がりません。

私は本当にこの作品、そしてそこで生きる人たちが大好きです。悩み、決断し、時には過ちを犯し、それでも前へ進んできたこの人たちが大好きです。

どうか皆様にも、そう言えるような作品、その一助となっていればこれ以上のことはありません。

最後に、鷹山先生を始め本作に関わった全ての方々に感謝を。イラストレーターとしてのデビューから約10年、私を支え続けてくれてありがとうございました。

ではまた、旅路のどこかで。

HJ文庫 https://firecross.jp/
1026

百錬の覇王と聖約の戦乙女《ヴァルキュリア》24

2023年3月1日 初版発行

著者――鷹山誠一

発行者―松下大介
発行所―株式会社ホビージャパン
〒151-0053
東京都渋谷区代々木2-15-8
電話 03(5304)7604(編集)
03(5304)9112(営業)

印刷所――大日本印刷株式会社

装丁――木村デザイン・ラボ/株式会社エストール

Printed in Japan

ISBN978-4-7986-2828-8 C0193

百錬の覇王と聖約の戦乙女《ヴァルキュリア》
Master of Ragnarök & Blesser of Einherjar
原作◆鷹山誠一
キャラクター原案◆ゆきさん
漫画◆chany
召喚、見知らぬ大地、戦い、
スマートフォン……
そして異世界で、
少年は覇道を征く!!